U0008821

米蓮娜・美智子・弗拉夏
MILENA MICHIKO FLAŠAR

姬健梅——譯

獻給 Kris

「……這個世界是美麗的，而且也許具有意義，而你被排除在這個世界之外，被排除在大自然所有的完美之外，在你的空虛中多麼孤獨，在這片無邊的寂靜中多麼陌生而且麻木……」

馬克斯．弗里施[1]《來自寂靜的回答》

1 馬克斯．弗里施（Max Frisch, 1911-1991），瑞士作家兼建築師，二十世紀瑞士德語作家中的代表人物，《來自寂靜的回答》（*Antwort aus der Stille*）是他早年創作的一篇小說，於一九三七年出版。

1

我喊他領帶。

他喜歡這個名字。這個名字逗他發笑。

紅灰色條紋在他胸前。這將是他留在我記憶中的模樣。

2

自從我最後一次見到他，至今已經過了七個星期。在這七週裡，青草變得又乾又黃。蟬棲息在樹上唧唧鳴唱。碎石在我腳下沙沙作響。在正午的豔陽下，這座公園看起來異常寂寥。花朵在懨懨垂向地面的枝椏上綻放。一條淡藍色手帕在灌木叢中，文風不動。空氣沉甸甸地壓向地面。我是個被壓縮的人，向一個不會再來的人告別。從昨天起我就知道他不會再來了。在我頭上是一大片天空，這片天空——永遠地？——把他吸了進去。

我還無法相信我們的告別是永久的。在我想像中，他隨時可能會出現，也許成了另一個人，也許有了另一張臉，朝我投來一瞥，這道目光在說：我來了。把頭朝向北方，微笑著目送雲朵。他可能會出現，所以我坐在這裡。

3

我坐在我們的長椅上。在成為我們的長椅之前，這是我的長椅。

我到這兒來，是為了弄清楚牆上那道裂縫，是否不管在室內或室外都一樣起作用。橫在書架上方那條細如髮絲的裂縫，我用了整整兩年的時間來凝視它。整整兩年，在我房間裡，在我爸媽家。我在閉上的眼睛後面描摹它斷裂的線條。這個線條在我腦中延續下去，進入我的心臟和血管。我自己是一段沒有血色的線條。由於沒有照到陽光，我的皮膚像死人一樣蒼白。有時候我會渴望陽光的碰觸。我想像著走出去並且終於理解：有些空間你永遠離開不了。

在一個寒冷的二月早晨，我向我的渴望讓步。透過窗簾的縫隙，我能辨識出一群烏鴉。牠們飛上飛下，陽光照在牠們的翅膀上，令我目眩。我的眼睛感到一陣刺痛，我摸索著，沿著我房間的牆壁走到門邊，推開了門，穿上大衣和鞋子，它們小了一號，走出去到街道上，再繼續走，經過一間間房屋和一座座廣場。儘管天氣寒冷，我額上冒出了汗水，感覺到一種奇特的滿足：我還做得到。我還能夠把一隻腳放在另一隻腳前面。我沒有忘記該怎麼走路。想把它忘記的一切努力都是徒勞。

我沒有試圖欺騙自己。我仍然只想獨處，不想遇見任何人。遇見別人意味著被牽連。一條隱形的絲線被牽起。從人到人。淨是縱橫交錯的絲線。遇見別人意味著成為那張絲網的一部分，而這件事得避免。

4

當我想起那第一次放風。這聽來想必是一個囚犯的感受，他的視線裡有鐵柵，走到哪裡都帶著他的牢房，清楚地知道自己並不自由。因此，當我回想起那第一次放風，我就覺得自己像是一部黑白電影中的人物，行走在彩色的布景中間。四周都是喧鬧的色彩：黃色的計程車，紅色的信箱，藍色的廣告牌。它們的音量令我震耳欲聾。

我把衣領拉高，轉過街角，留心不要絆到別人的腳。一想到我的褲管可能會在經過時掃到別人的大衣衣角，便令我感到害怕。我把手臂緊緊貼在身側，一個勁地往前走，不左顧，也不右盼。最可怕的想像是兩道目光在偶然的瞬間鉤住彼此，在彼此的目光中停駐幾秒，無法擺脫對方。這種噁心的感覺。我是它的容器。就快滿出來了。我走得愈遠，就愈感覺到我身體的重量。一具熱氣蒸騰的身體，在許多具身體之間。有人撞了我一下。我再也撐不住了。我用一隻手摀著嘴巴，跑進公園裡，吐了。

5

我認得這座公園，也認得在那棵雪松旁邊的這張長椅。遙遠的童年。母親會招手要我過去，把我抱到她膝上，伸出食指，向我解釋這個世界。看哪，一隻麻雀！她發出啾啾的叫聲。她的呼吸在我臉頰上。後頸癢癢的。母親的頭髮輕輕飄動。當你年紀小的時候，你相信一切都永遠不會改變，那時候的世界是個友善的地方。這個念頭在我認出那張長椅時浮現。我童年的長椅，我將在這張長椅上學到沒有什麼是永遠不變的。但儘管如此，活在世上依然是值得的。如今我也仍在學習。

他會說：那是個決定。

而我的確決定了要穿過那片草坪，走向那張長椅，停在它前面。我獨自一人，被寂靜包圍。沒有別人在，沒有人會發現我一次又一次地繞著那張長椅徘徊，所繞的圈子一次比一次小。當我終於坐下時的那股滋味。我有股重新當個小孩的渴望，想再一次用感到驚嘆的眼睛向外看。我的意思是：最先生病的是我的眼睛，我的心只是隨著眼睛一起病了。於是我在太過單薄的衣服裡坐著。我的皮膚更薄，我在底下冷得發抖。

6

在那之後我每天早上都忍不住要到這兒來。我看著雪花落下，又看著雪花融化。涓涓細流。隨著春天來臨，人群和人聲也來了。我咬緊了牙關坐著，喉嚨裡在乾嘔。是牆上那道裂縫把我和那些交織在一起的人隔開。一對小情侶輕聲細語，漫步從我旁邊經過。那些神祕的話語鑽進我耳中，聽起來就像一種我不懂的陌生語言。我聽見的是：我很快樂，說不出的快樂。舌頭的動作，使口腔黏黏的。我把那陣乾嘔嚥下去。

我懷疑是否有人注意到我，而就算有人注意到我，那大概就像是注意到一個鬼魂。你清清楚楚地看見了那個鬼魂，但是不願意相信你看見了，於是你眨眨眼睛，假裝沒有看見。而我就是這樣一個鬼魂。就連我爸媽也幾乎不再注意到我。如果我在門口或是走道上遇到他們，他們會不敢相信地喃喃說道：啊，是你。他們早就已經放棄把我視為家中的成員。我們失去了我們的兒子。他死了，在他還不該死的時候。這想必是他們的感受。作為一種活生生的損失。然而，他們漸漸接受了這個事實。他們起初為了我而可能感受到的悲傷已經轉化為一份認知，知道重新得回我不是他們力量所及，而不管這個情況對他們來說有多麼奇怪，就連在奇怪中也很快就產生了某種秩序。我們互不干涉地生活在一個屋頂下，只要這件事情不傳出去，我們就認為像這樣生活在一個屋頂下簡直就是正常的。

7

如今我明白，不和別人相遇是不可能的。只要你存在，並且在呼吸，你就和這整個世界相遇。那條隱形的絲線從你出生那一刻就把你和別人連結在一起。要想斬斷這條線，所需要的不只是死亡，而且反抗也沒有用。

在他出現的時候，我一無所知。

我說：他出現了。因為事情就是這樣。在五月的一個早晨，他忽然出現了。我坐在我的長椅上，衣領高高豎起。一隻鴿子飛起。牠的振翅令我暈眩。當我把眼睛閉上然後又再睜開，他就在那兒了。

一個上班族。五十多歲。他穿著灰西裝、白襯衫，繫著一條紅灰條紋的領帶，右手提著一個棕色皮製公事包。他走著，肩膀向前傾，臉轉向一邊，公事包在他手裡前後晃動。有幾分疲倦。他沒有看著我，就在我對面的長椅上坐下，翹起了二郎腿。他維持著這個姿勢，一動也不動，轉向一邊的臉神情緊繃。他在等待什麼。某件事將要發生。馬上就要發生，馬上。漸漸地，他的肌肉才放鬆下來，而他嘆了一口氣，向後靠坐。這樣的一聲嘆息，嘆息中含有那件沒有發生的事。

他朝手錶瞥了一眼，然後點燃了一支香菸。一串煙圈裊裊升起。那是我們相識的開始。我聞到一股嗆鼻的氣味。風把那陣煙朝我這邊吹。在我們尚未交換姓名之前，是這陣風使我們結識了彼此。

8

是因為他的嘆息嗎？還是他彈掉菸灰的方式？渾然忘我，被自己遺忘。當他坐在我對面，我不怕這樣去打量他。

我打量他就像打量著一件熟悉的物品，一把牙刷、一條小毛巾、一塊肥皂，而突然之間，你就像是第一次看見它，完全脫離了它的用途。有可能是他身上這份熟悉感格外引起了我的興趣。他衣著筆挺的身形就像日復一日充斥在街道上那成千上萬的人。他們從城市的腹地湧出，然後消失在高樓大廈裡，那些高樓的窗戶把天空分割成碎片。他們是一般人，典型地不引人注目，刮掉鬍子的郊區面孔，相似得會令人混淆。例如，他也有可能是我的父親。任何一個父親。然而他卻在這裡。和我一樣。

他又嘆了口氣。這一次比較小聲。我心想：像這樣嘆氣的人不是只有幾分疲倦。說我這樣想，不如說是我感覺到。我感覺到這是一個厭倦了生活的人。那條領帶勒住了他的咽喉。他鬆開領帶，又看了看錶。快到中午了。他打開他的便當。米飯配上鮭魚和醃菜。

9

他吃得很慢，每一口都嚼十下。他有時間。那杯冰紅茶被他小口小口地啜飲。我也看著他吃喝，幾乎沒有對自己感到驚訝，因為那段時間我簡直受不了看著別人飲食。然而，他吃東西和喝東西是如此慎重，使我忘了自己感到的噁心。還是我應該這樣描述：他以全副意識做著他在做的事，這使得像這樣的一件日常行為成了一件意義重大的舉動。他帶著感恩的微笑把每一顆飯粒送進嘴裡，也把自己獻給了它。

換作是其他人，我就會一溜煙地跑走，把對方下頷的磨動當作威脅，把牙齒的咀嚼視為危險。一口口食物滑進嘴裡再滑進腸胃，我覺得這是件很可怕的事。我自己吃東西是不假思索地狼吞虎嚥。維持自己的生命，無論如何都要維持自己的生命，這種本能對我來說是個謎，而我小心翼翼地不去追根究柢。最好是不要去思考這件事。

等他吃完，他就又成了一個普通的上班族。他打開報紙，先讀體育版。巨人隊贏得了一場輝煌的勝利，那幾個字印得很粗。他一邊用手指順著報紙的字行移動，一邊讚賞地點頭。一枚戒指，這表示他已婚。一個已婚的巨人隊球迷。他又點燃了一支香菸。之後又點燃了一支接一支，煙霧籠罩著他。

10

由於有他在，這座公園變小了。現在這座公園就只由兩張長椅——他的和我的——以及隔開我們的那幾步路構成。什麼時候他會站起來走開？太陽從南邊移到了西邊。氣溫變涼了。他把雙臂交叉。報紙攤開在他膝上。一群學童吵吵鬧鬧、跌跌撞撞地從草坪上走過。兩個老太太在聊她們的病痛。這就是人生，其中一個說，生來就是為了死去。他睡著了。腦袋沉甸甸的。報紙翻飛，落到地上。我聽見一個老太太說：生命隨時都可能走到盡頭，有時候我心裡什麼感覺都沒有了。

他的臉在睡夢中放鬆了。銀白的髮絡落在額頭上，一個夢在眼皮底下追逐著另一個。抖動的大腿。我感覺到某種東西，單薄得就像懸在他張開的口中的那一絲唾液。當時我還想不出該用哪個字眼來形容，如今我才想到：同情。或是想要替他蓋上被子的那股衝動。

等到他終於醒來，他看起來比先前還要疲倦。

11

六點鐘。

他把領帶束緊。公園裡充滿了傍晚的各種聲響。一個母親喊道：來，我們回家了。當她喊著「回家」時那溫柔的音調，讓人肚臍一緊。他拂開額上的頭髮，打了個呵欠，站起來。右手提起那個公事包，猶豫不決地等待了一秒。在等待什麼呢？他邁開步伐，灰色的背影消失在一棵樹後面。我目送著他，直到他的身影完全消失。而想必就在那一瞬間，在他從我視線中消失的那短短一瞬，我像他一樣，嘆了一口氣。

但那又怎麼樣。我抖動身體，把他抖掉。一個反正不會再見到的人跟我有什麼關係？原先那種噁心的感覺攫住了我。我以旁觀的方式介入了一個陌生人的命運，這令人難以忍受，彷彿那跟我有什麼關係似的。原有的厭惡充滿了我的心。我把他從我的雙手和雙腳抖落，如同我先前說過的：我一無所知。那天晚上，當我上床躺下，床單掀起了波浪，那天晚上我還一無所知，不知道為什麼在我就要溺水之前，我看見他的臉從牆上剝落。我在無知的水中載浮載沉。月光從窗簾的縫隙中照進來。

12

隔天當我走上前往公園的路，我沒有忘記他。在我的夢中，他輪流以一顆飯粒、一支香菸、一根球棒、一條領帶出現。最後一幅影像是模糊的：一個男子在一個沒有牆壁的空間裡。每走一步，那幅影像就變得更蒼白一些。我把它抹去。

當我走到我的長椅，發現他的長椅空著，我鬆了一口氣。昨天他坐的地方沒有留下一絲他的痕跡。一支清潔隊正在清空垃圾桶。那些菸蒂已經被掃成一堆，被倒進一個塑膠袋裡。沒有一撮菸灰讓人想起他。公園就像原本那麼大。從這裡或那裡的碎石中長出青草，一顆露珠在一根草莖上閃閃發光。我朝它彎下腰，它就像朝陽一樣溫暖。等我再度直起身子，他忽然又出現了，就像昨天一樣。

我從他走路的步態認出了他。有一點歪斜。彷彿他想要避開別人。習慣在擁擠的人群中移動的人就會這樣走路。他穿著同樣的西裝、同樣的襯衫，繫著同樣的領帶。那個公事包前後晃動。一切又重來一遍。他坐下來，翹起二郎腿，等待著，向後靠坐。嘆氣。同樣的嘆息。從鼻子和嘴巴吐出煙圈。現在想把他從我記憶中抹去是徒勞了。他在那裡，在我腦中佔據了一個位置，成了一個人物，我能夠說：我認出了他。

13

他帶了一塊麵包，費了點功夫解開包裝紙，把麵包撕成兩半，再撕成愈來愈小的兩半，捏成小圓球，撒在那些咕咕叫的鴿子前面。給你們吃，我聽見他喃喃地說。等他撒完：咻——咻，白色的羽毛旋轉著朝他落下。一根羽毛落在他頭上，纏住了他向後梳的頭髮，讓他看起來有點俏皮。假如他是穿著T恤和短褲坐在那裡，別人可能會以為他是個小孩。就連他在不久之後陷入的百無聊賴也是小孩子的百無聊賴：他不安分地滑過來滑過去。把腳跟鑽進土裡。鼓起臉頰，再慢慢地把氣吐出來。

我不禁想到這剛剛展開的一天，被無盡地拉長了，這種緩慢的永恆。儘管知道這一天將會流逝，但是這份確知對抗不了它流逝時那份淡淡的憂鬱。而憂鬱，我又想，就是寫在我們兩人額頭上的那個字眼。這個字眼把我們連結起來。我們在這個字眼中相遇。

他是公園裡唯一的上班族。我是公園裡唯一的繭居族。我們都有點不對勁。他其實應該在他的辦公室裡，在那些高樓當中的一棟，而我其實應該在我房間裡，窩在四面牆壁之間。我們不該在這裡，或者說至少不該假裝自己屬於這裡。在我們上方的高空有一道飛機雲。我們不該抬頭仰望這片藍藍的天空。我鼓起臉頰，再把空氣緩緩吐出。

14

中午時分，其他像他一樣的人來了。他們三五成群，在離得比較遠的長椅上坐下，把領帶向後甩到肩膀上，每個人都帶著自己的便當，愉快地並肩而坐，聊著天。總算到了休息時間，一個人笑著說，總算可以伸伸腿。他的笑聲在其他人的笑聲裡延續。

為什麼他沒有和他們在一起？我做了些揣測。也許他只是個旅人，錯過了轉乘的班車，必須要等待，直到——。或者就只是——。我無法解釋。

他的便當。這一次是小飯糰、天婦羅、涼拌海帶。他把筷子掰成兩支，停了一下，用手背擦了擦眼睛，那是個偷偷摸摸的動作。我看見他緊繃的下頷在顫抖，尷尬地看出他在哭。那是一種被壓抑的哭泣，就只有我看見。我的尷尬揮之不去：誰會在大白天裡哭泣？誰會這樣讓自己出醜？而且不僅是他自己，還有旁觀的我！他不該哭泣，不該在我面前哭泣。他應該把門在身後關上。他應該要知道的。應該明白哭泣是個人的私事。我渾身顫抖，就像想起柏油路上一具被輾過的身體。那很恐怖。我站在旁邊，嚇得呆住了。那隻蒼白的手，奇怪地扭曲著，指向我。在所有圍觀的人當中指向了我。我寧願自己是盲人。救護車的燈光對我呼喊。我向自己發誓，我再也不想分享別人的痛苦。他應該要知道的。應該要知道哭泣和死亡是個人的私事。

15

清嗓子的聲音。他冷靜下來。剛才他的下巴還在顫抖，此刻他又坐直了，而且沒有眨眼。嘴裡叼著一支香菸，他走到灌木叢後面。拉鍊拉開又拉上的聲音。枝椏喀嚓斷裂的聲音。我看到太多了。在他回來之前我就站起來跑走。跑出公園，穿過十字路口，經過藤本雜貨店。回家。進我房間。門咔嗒一聲鎖上。我安全了。灰塵閃動，我拉上窗簾。

隔天早上我睡得比平常更久。我沒有聽見隔壁的鬧鐘聲響，繼續躺著，再度入睡。夢見一條隱形的絲線讓我無法呼吸。最後我喘著氣醒來。什麼也沒有發生。想著這句話：什麼也沒有發生，以及接下去的兩句話：什麼也不會發生，再也不會有什麼事發生，我上路了。

當我走進公園，他蜷縮著身子坐著，俯身在他的報紙上。空便當盒在他旁邊。他在打鼾。當我躡手躡腳地從他旁邊走過，我在他的膝蓋上讀到：巨人隊和他們成功的祕密。他把領帶解開了，領帶鬆鬆地掛在他脖子上。後頸上的頭髮是鬈曲的。我放棄了。而那也是個決定。放棄，然後替在那裡打鼾的他取個名字。已經到了我替他取名字的這一步。不是本田，不是山田，不是川口。我就只叫他領帶。這個名字和他相稱。紅灰相間。

16

所以我喊他領帶。

是那條領帶繫著您，而不是您繫著那條領帶。後來那成了我們之間的一個玩笑。那條領帶繫著您。聽見這話，他露出微笑，然後笑出聲來，爆出一陣大笑：你說得對。認為是我繫著它，這樣想是錯的。我沒有繫著什麼，什麼都沒繫。說到這裡他突然打住了，然後沉默下來，之後就只有沉默。假如我預見了這番沉默，那我就會給他取另外一個名字。但是為了他的笑聲，在他沉默之前的那陣笑聲，給他取這個名字大概是值得的。他太少笑了。

這個名字讓我對他有了義務。就像先前已經有了一份隱約的同情，我開始感覺到一份隱約的責任。待在他身旁，不要留他獨自一人。感覺到對一個人有責任，對於這個人你不再能夠只說：我認出了他，而是要說：我認得他。這種感覺很怪異。我知道他睡著時如何呼吸。這個名字把我牽連進去。我不再感覺到我有逕自起身離開的自由。一個名字竟然具有這種力量。

17

半個月過去了。他在每個星期一出現，九點整，還有每個星期二、星期三、星期四和星期五。只有週末不在。這時我就會想念他。我已經習慣了有他在，當他不在時，我就覺得這座公園以及我待在公園裡這件事沒有意義。少了令我心生疑問的他，我就是個沒有作用的問號。這個問號寫在一張白紙上，問進空無之中。

有一次，在六月，那是個雲層密布的星期五，他正要打瞌睡時下起了小雨。他嚇了一跳，拿報紙遮住了頭，我這個未雨綢繆的放風者則撐開我的傘，把腿縮起來，整個人蜷縮在遮雨的傘頂下。雨水先是一滴一滴地落下，不久就一串串地落下。他把雙手伸進雨中，任由報紙從他頭上滑落，閉上了眼睛。我看著雨水在他手中聚集。他把雙手做成杯子的形狀。淅瀝嘩啦，雨水濺在他身上。我很驚訝。沒有哪個上班族喜歡淋雨。周圍的公園在雨水中變得模糊。到處都是飛奔的人。沒有哪個健康的人喜歡淋雨，但他已經淫透了，渾然忘我，似乎覺得最大的快樂莫過於像這樣淋得全身溼答答。我凝視著他快樂的面孔出神。他張開眼睛，目光出其不意地穿過雨水瞥向我。我跳了起來。我沒有料到這件事。沒有料到這道出其不意的目光，這道記得我的目光。這道目光在說：我不是獨自一人，有你在這兒。然後他又閉上了眼睛。

18

我脫離了不被察覺的狀態，脫離了我的保護殼。但事情並非如此。他的目光以及目光中閃現出對我的認識，就只是稍微照亮了我周圍的空間。每天早上他會向我點點頭，我也向他點點頭；傍晚他要離開時會舉手致意，我也舉起我的手。一份無聲的默契。你在這裡，我在這裡。我們兩個都有單純就只是在這裡的權利。

在我們之間起了變化的就只有一件事。我意識到：在他注意到我之後，我成了他腦中的一個影像。現在他對我有一種想像，而他每日打招呼的對象就是我在他腦中留下的影像。他平靜地打量這個影像，並不咄咄逼人。我被納入他的記憶中。他記得在海邊的一天，細細的沙子，沙丘上蓬亂的茅草，他記得他父親的鬍子，下巴上硬硬的鬍渣，記得在一個深秋的早晨落在他妻子背上的一道光線，記得櫥窗裡的一個微笑，偶然地，記得依偎著他的一隻貓咪溫暖的毛皮。他有成千上萬的回憶，成千上萬個影像，而現在，由於他注意到我，我也成了其中之一。

我任由此事發生。我讓他看著我的側臉，靜坐不動，讓他能夠把我的側臉記在腦中。我也朝他看過去，進一步把他記在我腦中。就這樣，從我們極簡的相識衍生出一份極簡的友誼。

19

在這個時間點，交談仍然會是一種踰越。有一個邊界存在，那條碎石小徑。我的長椅在這一邊，他的長椅在另一邊。中間是零星的草莖，一顆滾動的球，一個跌跌撞撞追在後面的小孩。

我花了兩年的時間來練習忘記說話。我承認，我沒有成功。過去學會的語言滲透了我，就連在我沉默的時候，我的沉默也能言善道。我說著內心的獨白，不斷地說進無言之中。但是我的聲音在我腦中卻變得陌生。有時在夜裡我會一身冷汗地醒來，卻發現那場惡夢仍在持續，在從我腹部、肺部、喉頭擠出的那聲原始的「啊」中持續。我納悶是誰在那裡大叫，然後又再次入睡。我在一片風景中遊蕩，在那裡，每一個聲音才剛發出就已消失。我說出的最後一句話是：我再也受不了了。句點。一個振動的句點。在那之後有某種東西「啪」地一聲關上了。試圖用言語來表達言語所無法表達的東西是沒有意義的，假如要從我住口之處繼續往下說，所費的力氣將會和這份了無意義相互矛盾。

我的房間仍然像個洞穴。我在這裡長大，在最原始的意義上在這裡失去了我的純真。我的意思是：長大意味著一種失去。我們以為是在獲得，事實上我們失去了自己。我哀悼著曾經是小孩的那個我，在稀有的時刻我會聽見他在我心裡瘋狂地拳打腳踢。十三歲時就已經太遲了。十四歲。十五歲。青春期是一場搏鬥，搏鬥結束時我失去了自己。我討厭我在鏡子裡的面孔，討厭在那張面孔上萌發、生長的東西。我手上的疤痕全都來自於試圖補救。無數的鏡子被砸碎。我不想當個成年人，不想自以為是在獲得。不想長大穿上西裝。不想當個父親，對兒子說：你必須正常運作。父親的聲音。不帶感情。他正常運作。當我看著他，我看見了一個未來，在這個未來我將緩慢地、太過緩慢地死去。沒有什麼在正常運作，當時我這樣回他。然後我說：我再也受不了了。最後這句話是我的座右銘。是寫在我身上的警句。

20

身上寫著這句話的我坐在我的長椅上，當他又一次在九點整忽然出現。那是個星期四，我還記得：他來了，彎著腰，像是扛著沉重的擔子。我想像著他是在一夕之間老去。當他向我點頭時，他脖子上的皺紋。你來了啊。我也向他點頭。而且不僅如此：我點頭表示邀請。我自己也無法理解，我向老去的他點頭，並且繼續點頭，當他朝我走過來，躊躇地越過了邊界，並且遞給我一根香菸。

我叫大原哲。他微微欠身。幸會。你不抽菸嗎？這樣很好。最好根本不要開始，這會上癮。你看，我需要抽菸。他在我旁邊坐下，他的公事包擱在我們之間。打火機喀嚓一聲，他吸了一口。這是我戒不掉的事情之一，他說。我又點點頭。我什麼都試過了，沒有用，我就是戒不掉。我缺少意志力，你肯定明白。沙啞的聲音，他在咳嗽。他又說：在公司裡，大家都抽菸，因為那永無休止的壓力。在公司裡。他彎下腰，按熄了那支香菸。那天上午剩下的時間我們沉默地坐在我們的長椅上。由於一次點頭，這成了我們的長椅。

偶爾會有人經過。一個母親推著嬰兒車。一個跛行的男子。三、五個逃課的學生，穿著皺巴巴的制服。地球在轉動。飛起來的小鳥。一隻蝴蝶在對面那張長椅上停佇了幾秒。當牠翩翩飛走，並肩而坐的我們目送著牠。隱約的預感，意識到從此無法再回頭。

21

京子做的，他說，當他在中午時分打開便當。唐揚雞塊配上馬鈴薯沙拉。我太太做的。她的廚藝很棒。你想嚐嚐嗎？不想？他露出靦腆的微笑。你要知道，為了替我準備便當，她每天早上六點鐘起床。三十三年來，每天早上六點。而且最棒的是：便當很好吃！他揉揉自己的肚子。對於像我這樣的人來說幾乎是太好了，他吞吞吐吐地說。但是，我很幸運！對吧？說完他就吃了起來。

在我腦海中我看見京子，他的妻子，穿著睡衣站在廚房裡。熱油滋滋作響。她的衣袖上有一小塊沾到醃料的污漬。她細細剁著，攪拌，削皮，切割，加鹽。整間屋裡都充滿了細剁和攪拌的聲音，還有削皮、切割、加鹽的聲音。他醒過來。還在半睡半醒之間，他想著：我很幸運。他懷著一份大到幾乎無法承受的哀傷這樣想：我真是幸運透頂。他起床。走進浴室。俯身在洗臉盆上，擰開了冷水，那水很冷。把臉伸進水裡，頭髮，後頸。把水繼續擰開。把頭抬出水面，再埋進去。留在水裡。把水龍頭關上。留在水裡。聽見排水管中咕嚕咕嚕的聲音。把水龍頭擰開。關上。擰開。關上。看著那水分割成水滴，看著水滴分割成小水珠。洗臉盆的邊緣有一小坨牙膏。白色上的白色。他把手指伸進去，然後——

——京子不知道。他輕輕打了個嗝，像是在自言自語：京子不知道我來這裡。我沒有告訴她。他拖長了音節：我——沒有——告訴——她——我——失業了。

22

在那之後的停頓。我成了知情者。剛剛才說出口，他的祕密就使我們成為盟友。是我腳上的重量，使我徹底無法站起來走開。他向我透露了他的祕密，就只向我一個人。我看著我的鞋子，鞋子擠著我的腳。鼓起來，鬆脫了。他把腳跟在前方半公尺處豎起來。黑皮鞋，擦得晶亮。父親的鞋子，這個念頭從我腦中掠過。不知道他是否偶爾也會渴望向別人吐露祕密？我有點苦澀地察覺：我對父親的了解比三個小時前我才得知他姓名的這個人更少。於是我更有理由繼續坐在他身旁，再一次隔著他的公事包對他點頭。

他重新拾起話題：說來好笑，並不是說我不想告訴京子。不，我想告訴她。可是我說不出口。某種東西阻止了我。也許是習慣吧。灰色的煙從他口中吐出。清早起床然後洗臉的習慣。她替我打領帶。出門時我喊道：祝妳有愉快的一天。她喊道：你也一樣。她向我揮手。在途中第一個轉彎的地方我會再一次朝她轉過身去。她的身影在家門口，像一面飄揚的旗幟。我可以往回跑，但是公車已經來了。我上了車。公車駛往火車站。搭上特快車，前往A地。搭上地鐵，前往O地。他笑著說：它就這樣一路前進。他還在笑：不是我，是它一路前進。

23

你呢？你怎麼會到這兒來？我聳聳肩。你不知道？嗯，你還年輕。十八歲？我僵住了。十九歲？二十歲？難以置信，這麼年輕。一切都還在你面前。沒有什麼在你身後。他嘆了口氣。難以置信，自己也曾經這麼年輕過。然而，這樣說又有什麼意思？我是說，每個人都只有一個年紀。我五十八歲，過去是，現在是，永遠都是五十八歲。而你，你要留心你所選擇的年紀。它會黏在你身上，會把你黏住。你所選擇的年紀就像黏膠，在你周圍變硬。不過，這句有智慧的話不是我想出來的。是我在一本書上看到的，還是在一部電影裡，我不記得了。有些事我們會記住。難以置信。我們這一生都在記住一些事。

在他看報的時候，我思考他剛才說的話。可是我愈是去思索，就反而忘了他說了什麼，吸引我的是他說話的方式。那種疲累的語氣使他說的話帶有一份苦澀。不管是「年輕」還是「難以置信」，他說出這兩個詞的方式使得它們帶有一份辛辣的沉重，而且兩者在我聽來是同一個字眼。我心想，一個沉默了很久的人才會這樣說話。所有的字眼對他來說都一樣，而他幾乎無法理解一個字眼和另一個字眼有什麼區別。不管是「黏膠」還是「一生」，都沒有太大的差異。

24

他的睡眠來得突然。在體育版的第二頁，睡神就攫住了他。靠著椅背，他低著頭打起了瞌睡。他的手掌在巨人隊的隊員合照上張開。掌紋交織成網，和感情線交叉。右手食指上有印刷油墨。他又像個孩子。無辜。在他的無辜中未受保護。而我又一次渴望替他蓋上被子，感覺到這種自然的渴望，無論如何想要保護他不受到傷害。

當他醒來，已經過了五點半。他打著呵欠，伸了個懶腰，擦掉眼裡的沙子。他眨著眼睛說：還有幾分鐘，然後這一天就結束了，今天不加班。他把報紙摺起來。上班最美好之處在於回家。這是我說的第一句話，當我進門，站在門口。屋裡有大蒜和生薑的氣味，與剛蒸好的蔬菜氣味。我站在門口，吸進這股氣味，然後說：上班最美好之處在於回家。京子會罵我是個傻瓜。從她嘴裡說出來，聽起來就像是最溫柔的「你」，完全沒有侮辱之意。你了解嗎？她可以用更難聽的話來罵我。罵我是個說謊的人，罵我是個騙子。儘管如此，我由衷希望那當中也有她罵我傻瓜時的那份溫柔。雖然如此，我寧可不要知道。只要還有希望，我就不想知道假如我把真相告訴她會怎麼樣。而且又何必告訴她呢？她理應得到遠比真相更好的東西。

25

六點差五分。他把領帶拉正。並不匆忙，比較像是他必須要克制自己。一匹套上馬轡的馬在拉扯自己的韁繩。他一再把手臂甩高，拉開襯衫袖子，看向手錶。我要走了。六點差三分。不，再等一下。六點差兩分。現在真的要走了。六點差一分。那麼，明天見？我點點頭。他用幾乎聽不見的聲音輕輕說：謝謝你。再朝手腕看最後一眼。六點整。他霍地站起來。我也跟著站起來。我們的眼睛平視對方，一般高矮。再見。那是我的聲音。在沉默了兩年之後，我的聲音有如玻璃般透明。再見。就這樣。子音和母音清脆地互相碰撞。我又一次沉默下來，然後脫口而出：我的名字是田口弘，我二十歲。二十歲是我替自己選擇的年紀。我笨拙地鞠了個躬，維持著鞠躬的姿勢，直到他走開。奇特的滿足感：我還能做到。還能向別人介紹自己。我沒有忘記該怎麼做這件事。即使我的名字在我的舌頭上粉碎。

26

在回家的路上，我把他的故事繼續編下去。也許向我吐露真相就足以讓他今天晚上回家去把事情說清楚。但也可能不會。也許他會一直拖到花光最後的積蓄。而或許這就是他在等待的事：等待京子發現真相。等待她有一天一覺醒來，覺得事情不太對勁。她將會著手調查，識破他的把戲，要求他解釋。或許這就是我們相似之處。我們兩個都眼睜睜地看著一切溜走，而對於我們沒有能力把事情改正，我們兩個都暗中鬆了一口氣。也許這就是我們相遇的原因。為了不容否認地同時確認：我們無法挽回已經發生的事，在此時此地不可能去挽回。也許正因為這樣，他的故事也是我的故事。這個故事是關於他沒有去做、因此也就無法挽回的事。

這麼多人都要回家。這麼多雙鞋子以同樣的步伐前進，我跟不上節奏。前面，在路燈下，我看見了下班回來的父親，看見他經過一叢開花的灌木，目光緊盯著地面。他沒有看見我。我及時躲到一臺飲料自動販賣機後面。我想替他和我免除在路上相遇而無話可說的尷尬。等到他轉過街角，我才為了沒有至少向他道聲晚安而感到抱歉。

27

天氣真好，對吧？當天空這麼藍的時候，你會巴不得到海邊去。其實很可惜。他搖搖頭，低頭看著自己。我有時間，卻不自由。但是明天也還有時間。他坐下來，嘆了一口氣。所以你叫田口弘。我原本還以為你是個啞巴呢，而且我承認，說不上來為什麼，那樣甚至會正合我的意。當然不是真的，如果你明白我的意思。他搔搔下巴。在他身後樹木的綠蔭前面，一個慢跑的女子把手臂甩向空中。她戴著紅色頭帶，繼續往前跑。輕輕的喇叭聲從馬路上傳來。汽車發出的噪音漸漸變大，又漸漸變小。那聲音被周圍的灌木叢纏住，留在圍住我們的這個最內圈之外。

他突然繼續說：假如京子知道我到這兒來，在某種程度上那會正合我的意。想像她出於直覺而本能地知道了，這個想像安慰了我，由於她知情，她就成了我的共犯，為了我而配合演出。這很可悲，對吧？想像她會自願配合演出。今天早上，當她替我繫領帶的時候，她說：如果我們夠瘋狂，以截然不同的方式來做所有的事，掙脫一次。她說得很認真，而且短暫地屏住呼吸。我本來可以在那一刻向她坦白，說我早就已經掙脫了。可是那時她已經把領帶繫好，留下來的就只有羞愧。我為了自己的羞愧而感到羞愧。我花了多大的力氣向京子和我自己隱藏這份羞愧，因為事實是：我不僅失去了我的工作，最沉重的損失是失去了自尊，一切的崩壞由此展開。當你站在擁擠的月台上，看見列車駛近的燈光，發現自己正在計算縱身跳到鐵軌上將必死無疑的那個瞬間，你向前跨出一步，感覺到就是現在！現在！現在！然後：什麼也沒發生。如此悲哀的「什麼也沒發生」！就連這件事你都做不到。列車進站了。車上擠滿了人。你在從旁邊滑過的車窗上照見自己，而你不再認得你自己的臉。

28

好了！他坐直了。到此為止。我說個不停，你一定以為我不懂得住口。我說夠了。現在輪到你了。跟我說些什麼。

什麼呢？

隨便。你腦子裡想到的第一件事。我聽著。

說完他就往後一靠，似乎真的沒有別的打算，除了聆聽。

從哪裡說起呢？我尋找著一個字眼，能夠符合他說的最後那句話。這很難，我說。我想到的第一件事是：要說些什麼很難。每一個人都是許多故事的集合，可是我——。我遲疑了。我害怕累積故事，我寧可成為那種什麼事都沒有發生的故事。假定您明天跳到一列火車前面。那麼，我今天對您述說的事還有什麼作用呢？而且它本身究竟有沒有作用呢？我說過了。這很難。我想到的第一件事是：我們漂浮在正在融化的冰上。

很美的一句話。他複誦了一次。我們漂浮在正在融化的冰上。是你想出來的嗎？

不，不是我。是熊本。我嚥了一口口水。熊本明。

說話淹沒了我。我是一個乾涸的河床，在幾年的乾旱之後落下一場大雨。河底很快就吸滿了水，在那之後就再也擋不住了。水面愈來愈高，溢出了河岸，沖倒了樹木和灌木，舔舐整片土地。那是一種解放，隨著我說出的每一句話。

29

熊本寫詩。他的作業簿上寫滿了詩。他一直在尋找那首完美的詩，這是他的執念，他坐在那裡，一枝鉛筆塞在耳後，完全從這個世界抽離，是個不折不扣的詩人。他本身就是一首詩。

那時我們在同一個畢業班。我們兩個都處於同樣的壓力下。比起我，他把事情看得比較輕鬆。或者應該說：他假裝看得比較輕鬆。他開玩笑地說：何必學習呢，既然我前面的道路已經被規劃好了，想不看見都不行。那些在我之前走在這條路上的人留下的腳印。我的曾祖父，我的祖父，我的父親，全都是學法律的，他們替我把這條路踩平了。我什麼也不必學習，他們已經替我學習過了，我只需要反芻之後再吐出來。這是我欠他們的。看哪！他把他的一本簿子拿給我看。撕爛了。父親認為這個社會不需要特立獨行的怪咖。嗯，他說得沒錯。只是我也無可奈何。我花了好幾個小時把簿子再黏起來。

我在其中一條膠帶下讀到：地獄很冷。

他說這是到目前為止他寫出來最完美的一句。

地獄之火不是能給人溫暖的火。

我凍僵在這火旁。

沒有一個地方像這座燃燒的沙漠一樣冷。

粗粗的鉛筆字，深深刻在薄薄的紙上。有幾處缺了一小片碎紙。沒有關係。熊本在胸口拍了三下：所有的東西都在這裡面。我的安魂曲。

30

起初我不了解他。我不了解他，就像我不了解他所寫的詩。我讀了他寫的詩，理解構成這些詩的字詞。我理解地獄和火和冰，但是要理解它們所描繪的深淵，這需要用更深入的方式去讀。而我害怕這樣做，可能是因為我意識到我就在那座深淵裡，卻不願意承認。然而——。假如我當時理解了他，事情也許會有所不同，可是誰曉得呢？誰曉得什麼東西對什麼事會有好處，誰又曉得有沒有好處是否重要？就我記憶所及，「好」不是熊本曾經用過的詞彙。

儘管如此，我們還是成了朋友。好朋友。我佩服他的堅定不移。他身上散發出一種光，當一個人清楚知道自己要往哪裡走，也知道在他要去的地方將會萬分寂寞，他身上就會散發出這種光。他不在乎別人的想法。他和那些嘲笑他的人一起笑。就像說起他父親時一樣，他會說：他們說得沒錯，只是我也無可奈何。他眨著眼睛說。那是一眨眼就過去了的一句話。

他佩服我什麼呢？

我不知道。也許是佩服我全心追隨著他。我信賴他和他的開朗。我相信有一個人將會永遠年輕，而這個人在我死後仍然會白髮蒼蒼地繼續夢想著那首完美的詩。

31

我們大多在傍晚碰面。他喜歡黃昏。他說那個時候的光線既悲傷又快樂。它哀悼著已逝的白天，期待著即將來臨的夜晚。我們漫無目的地在街上散步。熊本拖著我，在他四周是一片陌生風景的氣味，聞起來像是凍結了幾公分厚的地面，像是藏在地下的稀有植物。我尋思：等它們長出來，冒出地表的會是什麼？

答案是一個十字路口。

熊本停下來。在他上方，流動的霓虹字母打出了一個洗髮精廣告。男男女女以大大的弧形繞過我們身邊，我們是洶湧波濤中的一座小島。忽然我被緊緊抱住，熊本抓住了我。他用兩隻手緊緊抓住我的一雙手臂。我明白了，他喊道，並沒有完美的詩！它的完美就恰恰在於它的不完美。你懂嗎？我不想懂。他對著我的耳朵說：我腦中有一幅影像。我清楚看見它在我面前，色彩斑斕，絢麗無比。可是當我急切地想要捕捉它，它就會爆炸，而我寫下來的就只是零星的碎片，無法拼湊成一個整體。現在你懂了嗎？那就像是我試圖把一個破掉的花瓶再一片一片地黏起來。可是那些碎片太破碎了，我不知道哪一片該和哪一片黏在一起，而不管我怎麼把它們湊在一起，總是會多出一塊碎片。而這碎片！它造就了這首詩。唯有透過這塊碎片，這首詩才有了意義。他的聲音裡有股狂熱：我的安魂曲應該是水從花瓶裂縫傾流而出的聲音。

他鬆開了我。我搖晃了一下。我的手臂上感覺到他的指印。

你有病，我小聲地說。

他回答我：你也一樣。

那是個警訊。我聽見了，但是不予理會。

32

幾天後，熊本在物理課上塞給我一張紙條。上面寫著：今天晚上八點。在那個十字路口。我想要補償。那張紙條我還留著。我清楚知道我放在我房間的哪個地方、哪個抽屜。在那塊古老的石頭下，一隻昆蟲被困在那塊石頭裡。偶爾我會把它拿出來讀，一個字一個字地讀，像是讀一篇祈禱文：今天晚上八點。在那個十字路口。我想要補償。

他的病？

我認為他的病就是他的堅決意志。打定了主意想要這樣，想要那樣。想要補償。他知道他無法實現他為了他的父祖而應該做的事，也知道他無法永遠保持開朗。他不能一直宣稱：我無可奈何。到了一個年紀，一個他不想達到的年紀，他就必須覺悟他總是可以做點什麼。這就是他的病：他太年輕就看出沒有什麼是完美的，而他也太年輕，無法從中得出正確的結論。而這也是我的病，也許他是想提醒我這一點。

那天晚上我從家裡出門時，空氣潮溼悶熱，像一塊溼布裹住我的身體。我很緊張，跑著，腳下是液態的柏油路。遠遠地我就瞧見了他。他把臉朝向我，用熾熱的目光看著我。舉起他的手，喊了句什麼。他的嘴巴張開又闔上。我不明白他的意思。被馬路上的噪音蓋過，他的呼喊早已消散，當他像個游泳的人，在我奔跑的眼前頭也不回地衝進了車陣。他把手高高舉起。刺耳的煞車聲。他的手還在沉重的空氣中停留了幾秒，然後瞬間就沉落了。有人尖叫：車禍！我氣喘吁吁地抵達現場，別人尖尖的手肘抵在我身側。我從一長串的行人當中擠過去。熊本，渾身是血。他的手，蒼白而細瘦。呼嘯的鳴笛聲。我向後退。看不見了。眼盲了。被推開，被推得遠遠的。嘿，你！你還好嗎？我倒在人行道上。旁邊有個裂開的垃圾袋。腐爛的肉。我失去了知覺。等我恢復知覺，垃圾袋已經被移走了。在我上方的是面膜廣告。有人問：你還好嗎？我站起來，走開了。

33

我走路回家，雙腿在顫抖。我遇見的每個人都有他的眼睛。到處都是熊本。摩肩擦踵的身體，底下是骨骼和器官，沒有什麼是持久的。他果真死了嗎？他的死賦予我有如X光般的目光。我還記得走在我前面的那個女子。她很美，身材纖細。我看著她的背，吸氣吐氣，打量著她行走時來回擺動的脊椎。我豁然明白：這個脊椎在擺動中迎向死亡。我記得那個朝她跑過來的男子，他拉起她的手臂，親吻她的手。他也一樣：塵與土。我的爸媽。我還記得：母親，一具骷髏，坐在電視機前。父親，一具骷髏，喝著一杯冒泡的啤酒。啊，你總算回來了。赤裸的骷髏頭，從凝視的眼洞打量著我。我聽見：

你會有什麼出息？這麼晚了還在四處遊蕩。你忘了嗎？你的未來！父親咬了一口生香腸。撕裂香腸的牙齒。我踉踉蹌蹌地穿過走道。我的影子跟著我走進房間。房門輕輕鎖上。

34

喏，喝一口。你得喝點東西。

那條領帶，紅灰條紋，把我帶回了那座公園。

慢慢來，他說，這樣就好。

我慶幸他沒有多說什麼。

因為你能說什麼呢？我繼續說。當你無話可說的時候，你該說什麼呢？

當房門在我身後關上，我感覺到一種無言的空虛。我躺下來，無言，在思緒中再一次跑向那個十字路口。熊本的嘴。他在喊些什麼？我一次又一次地試圖從他的唇形讀出些什麼，而這個嘗試一次又一次地失敗。那是一個詞嗎？像是「自由」？還是「人生」？還是「幸福」？那是一聲「不」嗎？還是一聲「是」？一聲單純的招呼？也許是「再見」？他喊的是我的名字嗎？還是「父親」？或許是「母親」？還是某個無關緊要的字眼？而想要知道究竟是哪個字眼並沒有意義。

那一夜剩下的時間我在一種失神的狀態下度過。我沒有睡，但我睡著一個夢遊者的睡眠。我一閉上眼睛，就看見那隻手，熊本的手在我記憶的暗房裡漸漸顯露出來，孤獨得可怕，從黑色的柏油路面舉起。那隻手指向我。在所有圍觀的人當中指向了我。而這件事最令我驚愕之處在於我心中忽然湧起的羞愧，這份羞愧是：我不了解他。他不屬於我。我很樂意被推開。從躺在那裡受苦的他身邊被推開。那份羞愧消失了，就像它來時一樣突然，但是事後想要說服自己那是一種自然的反應並無濟於事。那份羞愧就在那裡，我感覺到了，它始終在那裡，伴隨著一股怒氣，這股怒氣是：為什麼熊本要在大庭廣眾之下做一件只和他自己有關的事？為什麼他要強迫我感受到這種懦弱的羞愧？我發誓再也不要追隨任何人，再也不要和別人的命運有所牽扯。我想要走進一個沒有時間的空間，在那裡再也不會有人令我感到震驚。就讓生活在外面繼續下去。我想把它關在門外，想要躲避它，不讓它發生在我身上。使熊本的安魂曲有了意義的那塊碎片鑽進了我的視線。

35

隔天早上我繼續躺著。這沒有什麼不尋常。之前我就經常逃學，有時候接連三、四天都待在家裡，而由於我有巧妙的理由，他們就沒有管我。拿到好成績回家最重要。靠著我身上僅存的勤奮，我很快就把曠課的時數補了回來。

但這一次不一樣。

一個星期過去了。爸媽感到擔心。又過了一個星期，他們感到惱怒。再過了一個星期，他們感到絕望。他們絕望了很久，然後感到惱怒，最後又感到擔心。於是就這樣起起伏伏，直到我無法再分辨幾個星期是否已經變成幾個月，而幾個月是否已經變成了幾年。我門上了我房間的門。爸媽徒勞地敲門，我不回答。他們的敲門聲有著或灰或黑或白的音色，視他們是感到擔心、惱怒還是絕望而定。這種顏色替寂靜上了色，而寧靜吞噬了我，像極了悄然無聲的陰暗森林。你沿著一條蜿蜒的小徑走。搖曳的樹梢，陽光斜斜地穿過枝椏，蜘蛛網在陽光中閃閃發亮，如夢般的細絲織成的纖纖細網。你心想：這裡多麼寂靜啊，而在下一刻你就看出你錯了。森林的寂靜是一種充滿聲音的寂靜，充滿了鳥鳴和木頭朽爛的劈啪聲，甲蟲嗡嗡叫著，一片疲倦的樹葉旋轉著落下。寂靜像音樂一樣呢喃，像一首無始無終的歌，其他所有的歌曲都源自這首歌。在我的房間裡我看出：寂靜有個身體。它是活的。廚房裡傳來水龍頭的滴水聲。母親的毛絨拖鞋。電話鈴聲。冰箱門打開的聲音。

父親咂著嘴喝飲料的聲音。透過被我塞住的鑰匙孔，我能夠聽見外面的東西在呼吸，不必再把我的呼吸聲加進去令我鬆了一口氣。頭皮上有一種癢癢的感覺。我感覺到我的頭髮在生長。

36

他有再跟你聯絡嗎？

誰？

熊本。

沒有，我搖搖頭：我不知道他後來怎麼樣了，而且老實說，我也根本不想知道。

為什麼不想？

他寫了他的詩。您明白嗎？現在我寫我的。

如果他還活著……

……我還是會在我房間裡度過兩年。我年少時光的最後兩年——當作禮物送給了他！在他靈魂的深處他一定是死了，我無法想像別種情況。

我可以讀一下嗎？你的詩？

還沒寫好。

可是它就在那裡啊。

哪裡？

在你的手背上。

這麼多的疤痕。我趕緊把它們遮住。

37

牛蒡，通心麵沙拉，兩顆油炸丸子。

他把剩下的碎屑撒在那些撲著翅膀圍在我們四周的鴿子前面。他跺了跺腳。牠們啪啪飛走了，然後又鼓著脖子回來，忘了他剛剛才把牠們趕走。這些可憐的動物，他喃喃地說。沒有記憶想必很糟，但是也許不像我們所以為的那麼糟。我的意思是：如果我們把一切全忘了。那麼我們不也會原諒一切嗎？原諒自己和他人？不再有悔恨和罪疚？一陣靜電的嘶嘶聲，他用衣袖擦掉長褲上一塊看不見的污漬。不，那就太容易了，對吧。為了原諒，為了真正自由，我們必須要記得，日復一日。

你想繼續說下去嗎？

是的，我想原諒。這句話就這樣一字不差地從我口中說出來。

我不是典型的繭居族，我繼續說，不像偶爾放在我門口的那些書籍和報章上所提到的那種繭居族。我不看漫畫，沒有成天坐在電視機前面，也沒有徹夜坐在電腦前面。我沒有建造模型飛機，打電動玩具會讓我噁心。我不讓任何東西來分散我的注意力，只想努力保護自己不被我自己傷害。例如不被我的名字傷害，不被我將得到的遺產傷害。我是獨生子。不被我的身體傷害，身體的需求仍然維持著我的生命。不被我的飢餓和口渴傷害。在我蟄居的那兩年裡，我的身體每天都會突襲我三次，這時我就會躡手躡腳地走到門邊，把門打開一條縫，端起母親替我放在門口的托盤。如果沒有人在家，我就會溜進浴室。我會洗澡。說也奇怪，我有洗澡的需要。我會刷牙，也會梳頭髮。我的頭髮長了。朝鏡子看一眼：我還存在。我壓抑住在我喉頭的那聲尖叫。我也想保護自己不被這聲尖叫傷害。保護自己不被我的聲音、我的語言傷害。現在我用這個語言堅持：我不知道究竟有沒有典型的繭居族，就像這世上有著各式各樣的房間，這世上也有著各式各樣的繭居族，他們基於各式各樣的理由而以各式各樣的方式縮回自己內心。我讀到有一個繭居族把他逐漸消逝的青春用來在一把只有三根弦的吉他上反覆練習同一段旋律，也讀到有另一個繭居族收集了很多貝殼。夜裡，當天色黑了，他用連衣帽蓋住頭，跑到海邊去，直到破曉時分才回家。

38

我的幸運在於直到如今他們都沒有管我。因為也有一些繭居族被引誘出來。別人承諾會讓他們重新融入，也承諾他們將會康復。工作。成功。用嘴皮子上這種單薄的承諾，他們被一步步帶回社會，這個巨大的共同體。別人使他們習慣了替社會效勞，使他們去適應。我卻很幸運，別人對我沒有指望，沒有找社工人員來，在我房間門口花幾個小時來勸我。當我翻閱那些書籍和報章，聞到父親的刮鬍水氣味，然後又是一陣低沉的敲門聲，母親的指紋在一個飯糰上，這一丁點生活恰好足夠，恰好是我還能夠忍受的。他們容許我這樣。這是我的幸運。生在一個容許我封閉自己的家庭。出於羞愧，我得要強調，誰都不該知道我是個繭居族。他們告訴鄰居，說我去美國當交換學生，在我又開始出門之後，他們就對鄰居說我已經回國了，需要時間來適應家鄉。我的幸運在於生在一個為了我而感到羞愧的家庭。

也許最能夠標記出一個繭居族的正是這種幸運。在一段無法預估的時間裡擺脫了事情的發生和被發生，擺脫了因果關係的相互作用。眼前沒有目標，也沒有達成這個目標的意志，堅持留在一個沒有事情發生的空間裡。一顆球，停在邊線外靜止不動，沒有觸動其他的球。當你把自己關起來，你就從嚴密的人際關係網路中掉了出來，而你為了自己無須再在這個網路中添加什麼而感到鬆了一口氣。這種解脫：你無須再做出什麼貢獻。你終於向自己承認，你完全不在乎這個世界。

39

家裡有個繭居族不是件輕鬆的事。尤其是在一開始的時候。他們知道：門檻在那裡，他的房間在那後面，他在房間裡裝死。他還活著，他們偶爾能聽見他在走來走去，但這種情況很少發生。他們把食物放在他門口，然後看著食物消失。他們等待著。他總得去浴室吧，總得去上廁所。他們徒勞地等待。在最初那段時間裡，我只有在確定沒有人會打擾我的存在時才會出去。我的存在就在於我的不在。我是那個沒有人坐在上面的座墊，是餐桌旁空著的那個位子，是我又放回門口的那個盤子上咬了一口的李子。由於我不在，我違反了那個法則，那個法則說：你必須要在，而當你在，你就必須要做點什麼，必須要有所成就。

而家裡有個繭居族倒也不是特別困難。最初的絕望漸漸消散。他們不再為了他的不在而感到絕望，而是絕望地想要遮掩他的不在。這是件恥辱。我們的獨生子。別人已經開始議論我們。在藤本雜貨店裡，別人用斜睨的目光看我們。他們在竊竊私語，說我購買三個人的日用品，雖然我其實應該只需要替兩個人買。至少他拉上了窗簾。無法想像，要是有人看見他的話。你還記得吧，當年發生在宮島一家人身上的事。最後大家對他們也沒有什麼好話。

父親和母親意見一致：必須不計代價地保住家庭的名聲。他們吵了很久，爭執我的蟄居是誰的錯，誰的錯比較多。他們小聲爭吵，聲音剛好小到讓鄰居聽不見。然後我會聽見：都是妳把他寵壞了。或是：你從來都不在他身邊。但是關於家庭的名聲，他們意見一致，而這是我的優勢，因為這讓我能夠愈來愈封閉自己。

只有一次，他們試圖把我弄出去。在他們絕望透頂的時候，他們用一把鑿子把門撬開。父親衝進來，彷彿發了狂。哪怕我得把你揍出房間！他舉起了手。熊本的手。在半空中停留了幾秒。我向後退。他的手咻地落下，撲了個空。無力地癱倒在地上後，我說：我再也受不了了。更像是對我自己說的。從那以後，他們就完全放手不再管我了。

40

您有在聽嗎？

一聲嗯。

然後他沉默了。他的沉默並非在評斷我所說的話，或是我說這番話的方式。那就是一聲嗯，如此而已，而太陽隨著這一聲嗯橫越了天空。等到我們重新開始談話，我們談的是一些小事。週末。天氣。如果天氣一直這麼好，我們明天就開車去海邊。這是京子喜歡的事。隨便開車去哪裡。

又是一聲嗯。

然後他就睡著了。

我想到我省略了很多事沒說。例如我沒有說，熊本有時候會說我是他的孿生兄弟。說得更確切一點：他的靈魂孿生兄弟。我沒有說我想念他，沒有說母親經常為了我而哭泣，而父親從來沒有忘記把我的零用錢從門底下塞進來。我沒有說，正是這些我沒有說出來的事使我的故事有了輪廓。熊本說得對：我們可以寫安魂曲，幾百萬首，關於同樣的死亡，然而每一首詩所說的都有一點不同，視它省略了什麼而定。

41

週六和週日慢吞吞地溜走。我們的道別很輕鬆。那就這樣囉。保重。再見啦。我們之間不曾出現任何尷尬，因此我更加不耐煩地等待著週一早晨。他會不會再來呢？這個疑問令我不安。它聽起來就像鐵軌的隆隆聲。就像一聲現在！現在！現在！現在！然後是一段流利的廣播：列車延誤。感謝各位的諒解。有人對著手機小聲說：又有一個人被撞上了。

長久以來我第一次想要分散自己的注意力。爸媽出門了，我看見他們的汽車車燈，當車子從家門口的車道轉出去。他們一出門，我就溜進了客廳，即便是此刻仍然躡手躡腳。我打開電視。一個烹飪節目。轉台。一場棒球比賽。我讓電視開著，當我從客廳走進臥室，從臥室走進浴室，從浴室走進客房，這時我的腳步已經比較堅定。一張無人使用的床在許多紙箱中間。讀舊了的書本。一隻泰迪熊。舊玩具。曾經珍愛過的物品那股熟悉的氣味。客房成了雜物間。最後一個在這裡過夜的客人是母親的朋友，幸子阿姨。來訪的客人愈來愈少，就算來了，也只是站在門口說句話。整棟房子似乎都在等待著再有人來使它充滿生命。這是間悲傷的屋子。為了安慰它，我又一次從客房走進浴室，從浴室走進臥室，從臥室走進客廳，隨興地到處留下痕跡，讓這些痕跡告訴這間屋子，在這間屋裡仍然還有一點生命。我挪動物品。挪開半公分。在墊子和枕頭上壓出凹痕。把一條毛巾換成另一條。還把時鐘調慢了一分鐘。來自遙遠過去的相片從走道的牆上對我微笑。我在一張相片前面停下。照片上是我們一家三口，在一個事後加上去的布景前面。金門大橋。

橋的上方是一輪碩大的月亮。我們從來沒去過舊金山。我把那張照片翻過來面對牆壁。

42

結果呢？您去了海邊嗎？

沒有。他試圖大笑，但是沒有成功。京子說我看起來筋疲力盡，說我只要安靜地坐著就好，否則我會因為工作而把自己累死。京子就是這樣，她太了解我了。她知道我是那種很難無所事事的人。至少我曾經是這樣的人。但那已經是好一段時間以前的事了。

兩個月？

對，差不多兩個月。自從我被解雇，時間就是個大約。而我根本不知道我究竟是怎麼度過那些時間的。我覺得我一直都只有在工作，除了工作沒做別的，而且不同於某些人：我很喜歡工作。

那您為什麼會在這裡呢？

到最後我跟不上了，他說，微微把臉轉向一邊，沒有看著我。在公司裡我開始引人注目。十個年輕人，還有我這個頭髮灰白的。二十隻手，加上我動作太慢的兩隻。我引人注目之處在於我的衰老。就連下班後去喝酒我都退步了。當其他人喝到醉倒，我就只喝了一半的量，卻也還是醉倒了。那不是什麼享受，當你躺在那裡，不知道該怎麼活到明天。你開始向自己提出各式各樣的問題。你看進鏡子，又迅速移開目光。你避免說出「老」這個字。但是這個字卻脫口而出，尤其是在不合時宜的時候。而你自己也不合時宜，不知道為什麼，你不再能夠適應了。

43

有一次我絆了一跤。那是個失誤。我正要把一疊文件抱進一個同事的辦公室。一個慢動作鏡頭。那條電線在那裡，我看見了。一隻腳已經站在安全的一側，另一隻腳還抬在半空中。那疊文件四處散落。黑色的數字在我四周。一個紅色的數字：五十八。它在嘲笑我。十條領帶目睹了這一幕。二十隻眼睛，一個眼神。一個人竊竊私語：他走定了。

那是我工作三十五年來唯一一次較大的失誤，它引發了一連串的錯誤和惶惑。我名符其實地絆了一跤，而從我手中滑落的不僅是一疊文件。我觀察著自己。我是哪裡不對勁。我摸摸自己的雙臂和雙腿，嘗試在走廊上來回走動。試試這個步伐，再試試那個步伐。我去買鞋底防滑的鞋子，但我只發現：我所失去的並不是直線行走的能力，而是一種輕快的活力，一份理所當然。我沒有辦法再追上我自己。我一跛一跛地跟在我自己身後。

44

還有這份疲倦。

它的來臨就像冬天的第一場雪。剛剛還有黃有紅有藍，頓時就白茫茫一片。剛剛還有一棟房子、一棵樹和一條狗，頓時就成了一堆沒有形狀的東西，而我不知道底下是什麼。這份疲倦覆蓋了我。如鉛一般的沉重。我會坐在地鐵上，在上班途中，並且思考著我該如何設法站起來。於是我不再坐下。一隻手抓住吊環，我直挺挺地站著，好讓疲倦根本無法襲來。那是和地心引力的一場對抗。我的眼皮將會闔上。而眼皮闔上之後的那片漆黑愈來愈控制了我。

這陰險的疲倦。

不久之後，它不僅控制了我的四肢，也控制了我的大腦。我理解別人交代我的事，但又不真的理解。後頸上壓著一個重物，我在一條細繩上維持平衡，一個打字錯誤、或是襯衫上的一個污漬，都足以讓我一頭栽進無底洞中。但是我沒有再摔倒。我睡著了。在三十五年之後，我必須強調這一點，在三十五年之後，一個星期一下午我在我的辦公桌上睡著了。那不是打盹。不，不是在淺水區涉水，而是潛入深不可測的海洋。我是艘沉船，被海藻腐蝕，一群群閃亮的游魚穿過我的腹部。

45

當別人把我搖醒，我就知道：現在我走定了。我的嘴裡還有一場夢的淡淡餘味，我不記得那場夢了，而我幾乎希望別人沒有把我從夢中搖醒。

稍後我就被解雇了。

不夠有效率，他們說。

我收拾了我的東西，扔進最近的一個垃圾桶。一副重擔從我身上落下。是的，我羞愧地承認有那麼美妙的一瞬，我就只感覺到鬆了一口氣。他們不需要我了，我不必再證明什麼。終於無法如常運作了，這種感覺令我陶醉。就像是蠟燭的烈焰，火光吞噬著快要燒完的蠟，曉得馬上就要燃燒殆盡，於是最後一次綻放出無比的光芒。

去哪裡呢？不能回家，於是我坐進一間酒館，離這裡不遠，仍然感覺鬆了一口氣，喝了五杯啤酒之後又踉踉蹌蹌地走出去。春天溫煦的空氣。飄動的雲朵。在我經過的一個街角，一個醉漢正針對國家局勢發表一篇激動的演說。一陣濃稠的咳嗽，然後他吐了一口口水。當我們的目光相遇，他喊道：兄弟，你到哪裡去了？我厭惡地轉身走開。他跟在我後面。我感覺到他的目光在我背上。他朝我走近。我感覺到他的手。我用力把他推倒，發狂似地去踢他。他沒有抵抗，這令我生氣。我的咒罵他沒有回嘴。一個嬰兒喘著氣說：你到哪裡去了？我朝他俯身。他的臉色發青。我親愛的兄弟。他的喘氣纏著我不放。

直到回到家裡，那份疲倦才又襲來。門口盤根錯節的樹根讓周圍的柏油路面都裂開了。我幾乎走不進庭院大門。京子的盆栽。一隻手套。手指鬆垮。鑰匙無力地插進門鎖。溫柔的回聲：你去哪裡了？我口齒不清地說：上班最美好之處在於回家。

你這個傻瓜。

屋裡有蘑菇和洋蔥的味道。

46

我不曾有過外遇，從來沒有對京子不忠。我可以誠實地這樣說。任何誘惑都沒有大過我對她的承諾。

橋本，我大學時代的一個朋友，經常嘲笑我是個膽小鬼。已婚的他從不放過任何送上門來的機會。他的機會很多，因為他相貌英俊，收入又高。我驚訝於他從一具身體遊蕩到另一具身體的能力。他是這樣說的：我在遊蕩。你是怎麼做到不露痕跡的呢？他回答：這算不上什麼本領。事情從第一個謊言開始。你把它放進系統中，它會在裡面生根。在它生長的這第一個階段，拉一下就足以把它扯出來。接下來是第二個謊言。根扎得更深了。第三個、第四個、第五個謊言。現在需要一把鏟子才能把它挖出來。第六個、第七個。現在需要一具挖土機。整個根部已經有了許多分岔，在地底下交織成一片。你看不見它。只有當你把它挖出來，才會看見它留下來的那個洞。第八個、第九個、第十個謊言。到了某個時候，這個系統被整個滲透。如果試圖把這些根從泥土裡掘出來，地表就會坍塌。

橋本如今還在遊蕩。不久前我才在一家百貨公司裡和他巧遇。我問：你好嗎？他說：還完好無缺。他的笑聲沒有受損，他還保留著年輕時的朝氣。

那你太太呢？他指著一群站在特賣花車旁邊的女人：她就站在那邊啊。戴著領巾的那一個。我嚇了一跳。一張崩毀的臉。她有一百歲了，不，好幾百歲了。發生什麼事？他哈哈大笑，亮出白牙：生活啊！老兄！生活啊！他笑得太大聲了點。我目送著他們搭乘電扶梯消失在樓上，他站得挺直，她彎腰駝背，一對不相稱的夫妻。他們背對著背，各自孤獨。

47

我想說的是，謊言有其代價。一旦說了謊，你就發現自己置身於另一個空間。你們生活在同一個屋頂下，待在同一個房間裡，睡在同一張床上，在同一條被子底下輾轉反側。但是那個謊言從中間鑽過去，是一道無法跨越的壕溝。它使得一間房子分成兩半。而且誰曉得實話是否也會造成同樣的情況？

從不曾對京子不忠的我感覺就好像我有個情婦似的。她的名字是幻覺。她不美，但是夠漂亮。長腿、紅唇、捲髮。我為她瘋狂。雖然我並不想和她展開新生活，但我仍然和她一起建造空中樓閣。我帶她去城裡最貴的餐廳。我餵養她。我租下一間公寓，我贍養她，不計成本。她滿足了我和我的男子氣概，在她身旁我又變得年輕強壯，她嬌滴滴地說：全世界都對你佩服得五體投地。她相信我和我的潛力，而我相信她對我的信任，全心享受這份信任對我的恭維。我是個懶惰的冒險家。

在家裡我漂浮在一個氣泡中。它是這麼薄，一碰就會破裂，因此我設法不要被碰觸。我坐在電視機前面看新聞。如果京子問起我工作的情況，或是問起我最近為什麼不再加班，還是問我是否已經和主管談過這件或那件事，我就說：噓，現在別問。她又問了一次，語氣已經弱了些。我說：晚一點再說，拜託。她聳聳肩膀。我才敢鬆一口氣。由於我的呼吸，我漂浮在其中的那個氣泡微微顫動，幾乎察覺不出。

那是個決定。

說完他就打開了便當。又是米飯配上鮭魚和醃菜。我決定假裝沒事，因為這是我做出的承諾：讓日常生活，我們的日常生活，成為我們的避難所。我必須要維持這份日常生活。直到最後。

他終於看著我。眨了眨眼：京子做的便當實在太好吃了，我不想錯過。

48

你們有小孩嗎？我問。

沒有。他稍微縮起身子。沒有。為什麼這麼問？

我正在想您會是個很好的父親。

我？

對，您。

你為什麼會這麼想呢？

因為您自己有時候看起來也像個孩子。比如說您吃東西的時候。您吃起東西來就像一個小孩，就只專注在自己正在做的事情上，其他的事都不管。

而這使我成為一個好父親？

嗯，這樣說吧：這使您成為一個活在當下的父親。

他嘛下了一句話。

就像那邊那個小女孩，您看見她了嗎？她不停地用手指去攪動那個水窪，在水窪裡畫了些什麼。看著那幅畫消失，再重新來過。她畫了一個又一個會消失的圖畫。這是個沒有意義的遊戲，卻也是個快樂的遊戲。那個小女孩一直在笑。我常納悶，為什麼我們無法再像這樣沒有意義地感到快樂。為什麼當我們長大，就要坐在低矮狹窄的房間裡，不管我們身在何處，頂多就是從一個房間走到另一個房間，而我們小時候卻置身於一個沒有牆壁的空間。因為在我記憶裡就是這樣：在我小時候，我的棲身之處就是我當下的存在。過去和未來都不能影響我，如果現在還是這樣的話，那該有多好。比如說，我們可以不必為了成果而工作，而是出於專注忘我，毫不吃力。

他又把嘴唇咬得發白。

我嘆了口氣，搶在他嘆氣之前。

他也嘆了口氣，然後說：那樣真的會很美好。

49

對我來說反正為時已晚，火車已經開走了，而我慶幸自己沒有坐上。就我記憶所及，我從來沒有希望要達成什麼目標。我指的是自發的願望。那些好成績不是為了我自己，而是為了我爸媽。他們認為有朝一日我將會成為像樣的人物。這是他們的野心，不是我的。那是他們對於生活的想像，一種向前看的生活。

我的校服還在，掛在我房間最陰暗的角落。一件沒有內容的衣服，看起來就像你在夢中遇見的人物。你不認得它，卻仍然感覺到一種奇特的親緣。仔細看去，才發現它是你的影子。

假如我今天穿上這套制服，我將幾乎無法把它填滿。那看起來會很可笑，就像我當年穿它時的感覺一樣可笑。一個假扮成學生的人，假裝在學習什麼，事實上卻忘記了一切重要的事。這也是我成為繭居族的一個原因，因為我想要重新學習去觀看。我從床上看進那條裂縫，那是我有一次對自己發怒而在牆上打出的。我長久地看進那條裂縫，直到我幾乎鑽了進去。時間有皺褶，而這條裂縫就是其中之一。我看進去，為了想起我袖手旁觀的那許多時刻。

50

那時我十四歲。一個中等生。我的成績不錯，但不算優異，而我那時就已經學到了我的生存有賴於保持這種中等。重點在於當個普通人。在任何情況下都不要與眾不同，因為誰要是引人注目，就會惹來某些人的不滿。那些人對自身的平凡感到無聊，沒有更好的事做，除了去折磨那個與眾不同的人。而誰會想要惹他們的不滿呢？誰會想要自願被他們折磨？於是你乖乖順從，為了自己屬於那些不突出的人而心存感激。

武史卻是個突出的人。小林武史。

他在美國長大，剛剛回來。紐約、芝加哥或舊金山這些地名從他口中說出來，就好像那地方就在後面轉角處似的。他的英語流暢得像一條河，我百聽不厭。他說 Hi，還有 Thank you 和 Bye。那些字眼從他口中說出來就像是一陣滑順的風。太滑順了，有些人這麼認為，於是他們埋伏著等他。隔天，他缺了一顆牙。他口齒不清地說：我摔了一跤。那顆牙補上了，口齒不清的情況卻依舊，而且情況還變得更糟。他開始犯錯。如果英文老師請他示範讀音，他會說錯。如果老師請他朗讀，他會讀錯。漸漸地，他不再能夠流利地說出他從小使用的語言，那語言曾經是他的故鄉。他甚至模仿起我們的口音。他會用日語口音說出San Furanshisuko（舊金山），而這個地方忽然就變得很遙遠。一個遙不可及的地方。聽他強迫自己這樣說話是件殘酷的事。在他說出每個字之前，他會稍微停頓一下，為它哀悼。

不幸之處在於：我有可能是他。但是我倖免於難。畢竟我是個旁觀者，而他們需要一個像我這樣目睹然後坐視不理的人。我正是藉由假裝視若無睹來保持我的中等。而矛盾的是：在這件事情上我是個高手。十四歲時我就已經老練地對旁人的痛苦視而不見。我的同情心就只限於當個沉默的目擊者。

嗯。

又是一聲嗯。

他哼著一首歌。吸了一口菸，又繼續哼歌。一小撮菸灰落在他胸前，被一陣微風吹走了。一輛腳踏車的鈴聲。我本來很想哭。灌木叢的花朵像下雨般紛紛落下，嫩黃色的。

武史不是唯一的一個，對吧？

對。還有雪子。

嗯。

宮島雪子。

哽在我喉嚨裡的東西變厚了。在這個星期一，我能說出口的就只有她的名字。

51

看起來要下雨了。他打了個呵欠。

我隨著他的動作看進灰濛濛的天空。

明天。明天是星期幾？對了。星期二。這個星期才剛剛開始。如果下雨的話……他從口袋裡掏出一張小卡片，伸出舌尖，潦草地用大寫字母寫下：MILES TO GO。一間爵士咖啡館。他說：如果下雨的話，我就會在那裡。

可是。

可是什麼？

我感到暈眩。想像我必須走過一張張桌子和椅子，穿過一群人冒著汗水的空間，坐下來，和服務生四目相接，從一個玻璃杯啜飲，天曉得之前有誰用過這個杯子。我還在適應這座公園和我們的友誼，這番想像超出了我自信能夠做到的程度。

就只是——。我結結巴巴地說。在戶外，人與人之間的空間比較大。

我了解。他站了起來。那麼就等到下回有陽光的時候再見。現在已經六點。我在那張小卡片的背面讀到他的名字，大原哲，還有他的地址。那是一張名片。我是個懦夫，我心想。還有：又是一件我可以放在我房間抽屜裡的東西，放在那塊有幾百年歷史的石頭底下——我沒有把這個念頭想到底。

52

快，快。穿過走道。是誰在那裡微笑？從未發生過的那趟舊金山之旅的照片掛在牆上，彷彿我不曾將它翻面，它被仔細地轉正，撣去了灰塵。父親的手擱在我肩膀上。母親說出cheese這個字，從鏡框中喊了出來。我長著青春痘，歪戴著帽子，叉開食指和中指，比出了勝利的標誌。被凍結的一個瞬間。沙漏裡的一粒沙子。它馬上就會穿過沙漏的窄小腰部滑下去。再有幾粒沙子滑下去之後，我將會甩開父親的手。母親說 cheese 露出的笑容將會消失。他怎麼啦，這個孩子。別管他。這是個階段。而真相是：我寧可不要讓他們知道。我們訂下了一個約定：不要過問彼此的事。而就是這個約定使得家人世世代代凝聚在一起。我們戴著面具，在面具底下的臉已經無法辨識，由於我們和自己的面具長在一起了，要把面具撕下來會很痛，乃至於比起露出真面目的痛苦，永遠無法面對面相遇的痛苦比較容易忍受。這張照片上的我就已經明白了這一點。照片上的我知道：要把自己藏起來，沒有比家庭更合適的地方，沒有比家庭更理想的藏身洞穴。家庭是你把一張照片從牆上取下後的那個空白方塊，是那些泛黃的邊緣。我把它塞進門口的垃圾桶，沒有發出聲音。穿過走道溜回我的房間。直到房門在我身後關上，我才自問：身為繭居族的這個我是否也是一種假面？我對於這個世界的漠不關心是否也是一種假面？我的回答是：我累了。

53

兩天過去了。雨滴劈哩啪啦地落下。透過窗簾的縫隙我看見天空烏雲密布。雲層沒有一絲裂縫。我走過來走過去。籠中的一隻野獸，夢想著遼闊的草原。我一再從鐵柵旁掠過，冷冷的鐵條摩擦著充滿渴望的毛皮。第三天我終於騙過了自己，逃出籠子。那個籠子就只是個念頭。

雨水從屋簷上滴落。我走著，雨傘斜撐在前方，鞋子都溼了。MILES TO GO。我打算至少從這家咖啡館旁邊走過。經過閃爍發光的字母招牌，也許匆匆瞄上一眼。也許。腦子裡想著這個「也許」，我像隻逃出籠子的野獸，也許是隻獅子或豹子，在風雨交加的街道上遊蕩。

那家店想必就在前面。那個「也許」在我的胸口，並且從那裡進入我身體的各個部位，推著我向前，走到門邊，從旁走過，轉過街角，繞過這個街區，然後再重來一遍：從門邊走過，轉過街角，繞過這個街區。我不知道我走了幾遍。在我的記憶中我走了好幾英里。等到我終於去碰觸門把，冷冷的鐵把貼上充滿渴望的手，我就像坐了一趟長途旅行一樣筋疲力盡。

咖啡館裡煙霧瀰漫。玻璃杯叮叮咚咚地輕輕碰撞。一種被壓抑住的虛空。有人在講電話。一個冰塊在融化，發出劈啪的聲音。光線昏暗。弘！他的聲音是一條釣線，把我拉了過去。來，坐下吧。你想喝什麼？一杯可樂！他打了個響指。我很高興你來了。我沉沉地坐進一張坐墊柔軟的皮椅裡。

54

他看起來和在公園裡不同。不知怎地顯得比較高。沒有天空在他上方，他成了個比較高大的男子，我卻變得愈來愈矮，不知道該看向何處。面前的玻璃杯蒙上了一層霧氣，我覺得自己落入了一個陷阱。我跟他究竟有什麼關係？事情怎麼會走到這一步呢？以至於我，脖子套在繩圈裡，和一個陌生人一起，在一群陌生人當中，聆聽一支小號演奏？

他隨著音樂的節奏搖擺。實在太棒了！讓人忘了所有的空間和時間。怎麼啦？你不舒服嗎？你臉上一點血色都沒有！我可以做點什麼？你需要什麼嗎？

我擺擺手。

啊，當然了！你做了你平常絕對不會做的事！別怕，現在你已經過來了。一句撫慰的話：不會有什麼事發生。你將會看出，這不是個會發生什麼事的地方，而每個到這兒來的人之所以來，就是因為這裡不會有什麼事發生。我們走進了一個沒有空間和時間的音樂膠囊。你認為我為什麼會選擇這家咖啡館？其實就只是因為我確信這裡跟你的房間會很相似。好啦。現在你的臉頰上又有了一點血色。隨著這幾句話，他變矮了，我變高了，直到我們兩個又回復到自己原本的身高。依舊令我心煩的就只是我看出了自己身上有多少勇氣。到這兒來需要勇氣，信任他也需要勇氣。

55

To want a love that can’t be true. 一個女聲用喉音唱著。

京子最喜歡的一首歌。他笑了。她想哭的時候就會放這首歌。很好笑，對吧？有時候她會想要平躺在地板上，用眼淚讓地板溼透。她稱之為一種淨化。她說這淨化了她的眼睛，在那之後她能夠看得更清楚。她哭泣不是由於悲傷，而是為了獲致更清晰的視野，來看待生活中的事物。她說眼睛是靈魂之窗，這句話從她口中說出來就像是一句嶄新的格言，或是一句剛剛被重新發現的格言。我願意理解嗎？我願意忍受嗎？

我們是相親認識的。別人給我看了一張她的照片。二十三歲，打字員，喜歡閱讀和歌唱，也畫畫。父親是銀行職員，母親是家庭主婦，沒有兄弟姊妹。別人這樣向我描述她。她在相機前擺出乖巧的表情，雙手規規矩矩地交疊在腿上。只是那個髮型啊！不怎麼適合她。我同意和她見面，對她並沒有特別的想法。我說不上來喜不喜歡她。基本上我是向家人的催促讓步。那時我二十五歲，有一份收入不錯的工作，所缺少的就是妻子和孩子，一個舒適的家。從我父母親立下的榜樣來判斷，這既不是什麼值得追求的事，也並非不值得追求。那就只是別人期待我做的事，而我自己也這麼期待，因為生而為人，如果身邊沒有伴侶就不完整。

56

我們約在一家飯店吃晚餐。我的父母親比我更緊張。媒人岡田太太的嘴角不自然地上揚。像一個蠟製的娃娃，她隨時可以變得非常、非常柔軟，也隨時可以變得非常、非常強硬。我覺得她既友善又不友善。的確有這種人，他們讓你不知道該對他們有什麼印象。啊！您來了！她揮動那隻像是蠟做的手。松本小姐！一個僵硬的動作。我面前的女子和照片上那個女子沒有一點相似之處。

哪裡談得上乖巧。他大聲笑了出來。她表現得就像是下定決心不想討人喜歡。她噘著嘴，從上到下地打量我，然後說：由此可見，一個人多麼容易看走眼。一張照片就只是個複製品，本尊相形之下比較無趣。她這樣說時面帶微笑。而那戳到了痛處。

岡田太太特別強調她喜歡閱讀和歌唱。京子打斷了她：我最喜歡的書籍和歌曲是關於把一個不想出嫁的女兒嫁出去。難堪的沉默。岡田太太用一條手帕輕輕擦拭額頭和眉毛，我的父母親尷尬地在餐盤上戳戳弄弄。京子嘴裡塞滿了食物，說：還有，如果您沒有注意到的話，照片上的我戴了一頂假髮。我嗆了一下，噗哧噗哧地咳了起來。她跳起來，往我背上拍了一下。所以，現在您知道我能夠用力打下去。我不是只會閱讀和歌唱，如果有必要，我也可以給您一記您不會很快就忘記的打擊。岡田太太插話：噢，真好，她很沉著，這是年輕女性經常缺少的特質。我忍不住爆出笑聲。請見諒！沒什麼好道歉的，男人不該為了發笑而道歉，而女人不該為了流淚而道歉。京子放下刀叉：有時候我會想要平躺在地板上，用眼淚讓地板溼透。您願意理解嗎？您願意忍受嗎？她嚴肅地皺起了眉頭。手托著下巴，她的臉直視著我，她原本真實的臉。我回答：是的，我願意，我願意嘗試。她很驚訝，小聲地說：您這個傻瓜。

57

他臉紅了。

他的臉紅不是一個年輕人說起自己初戀時的那種臉紅，而是一個老去的男人在他這輩子最初和最後的愛人面前行禮致敬。那是一種透光的臉紅，透過他鬆弛的皮膚發出光亮，有幾秒鐘的時間照亮了我們周圍的空間。一陣沙沙聲。一陣拖曳。那張唱片播完了。有人喊道：再播一次比莉・哈樂黛[2]！一陣贊同的咕噥，大家隔著桌子互相敬酒。

這不是很奇怪嗎？我愛上了京子那句「傻瓜」，勝過其他一切。我愛上了她坦率直視的目光。那目光看穿了我，而我願意被她看穿。

但是那不容易。每次我們見面，她都往另一個方向走。我認為她並不知道要去哪裡。她就只是邁開步子，未必是希望能抵達某處，純粹出於走在路上的喜悅。我是一株植物，她說，我需要火、空氣、土地、水，否則我就會枯萎。還有：婚姻不就是這樣一種枯萎嗎？火焰熄滅了，空氣變得稀薄，土地乾旱，水枯竭，我將會枯死。你也一樣。她把頭髮甩過肩膀。紫色薰衣草的氣味。我反駁：如果不是這樣呢？如果日常生活，我們的日常生活，就正

2 比莉・哈樂黛（Billie Holiday, 1915-1959），二十世紀美國知名爵士女歌手。

好是我對妳的承諾呢？妳的牙刷擺在我的牙刷旁邊。妳因為我忘了關浴室的燈而生氣。我們挑選了在一年之後我們會覺得很醜的壁紙。妳說我有了大肚腩。妳的漫不經心讓妳又把傘忘在某處。我會打鼾，妳沒法睡覺。我在夢中輕聲呼喚妳的名字。京子。妳替我繫領帶，在我搭車去上班時向我揮手道別。我心想：妳是一面飄揚的旗幟。在這樣想的時候胸口一陣刺痛。看在老天的份上，這難道不夠嗎？這難道不足以讓人感到幸福嗎？她閃躲了：給我時間。我會考慮。

58

我等待著，等了一個月，然後終於來了一封信。她的筆跡。圓圓的。她附上了乾燥壓花。我讀到：我的答覆是「好」，我願意弄丟幾千把傘，只要你別長出大肚腩。我寫了回信。筆跡方正：我們一起去挑選壁紙吧。

這就是她。我太太。他從皮夾裡抽出一張照片。我的第一個念頭是：母親。我的第二個念頭是：她想要補償。她想要哭泣。

他繼續說：我們的婚禮幾個星期後在一個神道教神社舉行。岡田太太來參加，嘴角帶著愧疚的表情。不再有疑問了，她是個不友善的人，一個極度不友善的人。她有如變硬的蠟，想說我很抱歉，說出來的卻是：祝你們幸福長久！京子發出純真的笑聲向她道謝：什麼是長久的？我們是煙火，發出紅光，漸漸燃盡，迸發出已經熄滅的火花。

黑咖啡。加進一小盅牛奶，兩條糖包。緩緩攪動。讓咖啡匙滴乾。他小心翼翼地擱下咖啡匙。我們的第一個早晨。就像摻進牛奶和糖的咖啡。我醒過來，京子不在。她的枕頭凹了下去，一根頭髮的髮尖插在枕套上。床單還是溫暖的，我把手伸進被子底下。從廚房傳來咖啡機煮咖啡的聲音，那是一件結婚禮物。我光著腳，摸索著穿過走道。我在門縫邊停下來，就只看見從門縫裡能看見的東西。她的背，微微俯身在爐檯上。平底鍋滋滋作響。她的手指在一個碗裡，拿起來嚐嚐味道。一小撮鹽，一點胡椒。她打了個噴嚏。還在打噴嚏時，她便轉過身來。她的聲音像清脆的鈴鐺：早餐弄好了。檯面上擺著便當盒，用藍布裹著。給你的。她再加上一顆蘋果。就像一幅靜物畫。

而那也是一個決定。

我曾經聽人說，共度的第一個早晨會有深遠的影響。它是一種確定。確定了誰先起床，誰煮咖啡，誰準備早餐。京子其實也可以賴在床上，翻個身，喃喃地說：你在路上買點東西吃吧。而事情的關鍵是：即使如此，我對她的愛也不會比較少，這令站在門縫前的我感到吃驚。

59

我們把蜜月延後了。當時公司裡需要每一個人手，而因為這樣，我們始終沒有去補度蜜月。當年那些旅遊指南如今都積了灰塵，巴黎、羅馬、倫敦。不久前，我才在書架的底層又發現了它們。這裡那裡有著折角，做了筆記。京子用一枝彩色筆把她想要參觀的名勝都標了出來。艾菲爾鐵塔、羅馬競技場、倫敦塔橋，全都畫上了心形圖案。在其中一頁上我無意中發現了一幅素描，是我的肖像。下面寫著：哲，抽著菸，在蒙馬特。她把我畫得很像。襯衫最上面那顆扣子沒有扣上，風吹拂著我的頭髮，目光凝視著遠方。那個比較年輕的我，他在呼喚我。我沒有什麼能和他相抗，啪一聲闔上了那本書。

我本來可以成為什麼樣的人。

我成了什麼樣的人。

我將會是什麼樣的人，等她發現了我是什麼樣的人。

京子已經知道了。我很確定。她只是在等我主動向她低頭：妳說得對。

幸福的日常生活並不存在。你必須每天早上重新為之奮鬥。他輕輕咳嗽。滿滿的菸灰缸在我們之間。我們甚至連宮島[3]都沒有去過。

60

宮島。一個關鍵詞。他又說了一次：宮島。她叫什麼名字來著？是百合子嗎？還是雪穗？這名字就在我舌尖上。雪子[4]？對嗎？所以是雪的孩子。請告訴我她的故事。此刻我不介意閉上眼睛，就只是聆聽。沒有被別人看著，比較容易開口說話。不去看著對方，就比較容易聆聽。他深深吸了一口氣，然後閉著眼睛向後靠坐。

宮島一家人是我們的鄰居。我開始述說。他們家就緊鄰著我們家。我那時八歲，還是個小男孩，經常去按他們家的門鈴，問雪子在不在。在鄰居當中，她是唯一一個和我同齡的小孩。雖然我爸媽不喜歡她爸媽，據說他們來歷不明，但我爸媽還是容忍我們偶爾在幾個街區之外的那座寺廟前面一起玩，畢竟我們還是小孩。這句話裡有太多個字。我知道。太多個字，它們無法說出我們當時是多麼無拘無束，她和我，在一個區分彼此的世界裡。在這個世界裡，一個字就足以把一個人和另一個人分開。

我說了，我會去按門鈴。雪子的母親會從門裡探出頭來，用沙啞的聲音說：她馬上來。門將會關上，然後在幾分鐘之後再次打開。每一次，當門關上再打開的時候，就會傳出一股霉味。雪子的衣服也有一股霉味。她穿的上衣有髒兮兮的荷葉邊，裙子對她來說太大，她用一條綁包裹的繩子把裙子繫在臀部。一隻鞋子上的鞋帶斷了。可憐的女孩。我聽見人們這麼說。當我們從他們身旁飛奔而過，而雪子的笑聲也已經蓋過了他們的聲音：今天我們要

3 宮島是位於日本廣島縣西南部的島嶼，又稱嚴島，為著名的觀光景點。而宮島也是常見的日本姓氏。

4 百合子（Yuriko）、雪穗（Yukiho）和雪子（Yukiko）這三個名字的日文發音很接近。

飛翔！她張開雙臂，從我前面飛向那棵彎彎曲曲的松樹，用她的翅膀環抱住樹幹。一隻耳朵貼在樹上，她嚶嚶地說：它剛剛長高了一公釐。

61

那是些輕飄飄的日子。我的意思是，真的，我們在飛。那座寺廟的場地是我們飛掠的天空。我們摘下花朵，擱在陌生人的墳上。我們捉蟬，捉蝴蝶，捉蜻蜓，一抓到就把牠們放了。我們自己也是自由的。天氣熱時，我們用水桶裝滿水，澆在手臂和腿上。被蚊子叮得滿身包。追逐廟裡的貓。聆聽僧侶昏昏欲睡的梵唱。那個僧侶一身黑衣，駝著背。有時候他會朝我們轉過身來，喊道：佛陀的孩子，然後扔給我們每人一顆糖果。悟道就是這種滋味，這麼甜。

在家裡我很少談起雪子。如果別人向我問起她，我感覺那並非出於興趣，而是出於一種不安。母親說：你總得知道你是在和什麼人來往，又說：近朱者赤，近墨者黑。說完這類的話，她就讓我走了，但是就在我走開的時候，我覺得彷彿有人粗魯地碰了我一下。不管是母親的語氣，還是在談到宮島一家人時她撇嘴的方式，都讓我知道如果透露太多會是件危險的事，因此我沒有透露雪子的外套少了兩顆鈕釦，也沒有透露我一點也不在乎她的外套少了兩顆鈕釦。

但是一種隱隱的威脅仍舊存在。在我胸口的一根小刺。它扎得很深，而只要扎得夠深，就算是最小、最小的刺也會在肉裡刺出傷口。你感覺到它是個異物，漸漸地迫使你的身體屈服。

62

有一次，我們坐在松樹的樹蔭底下，我問：為什麼妳這麼不一樣？雪子的回答是一句背熟了的話：因為我是從一顆星星上掉下來的。

從一顆星星？我屏住了呼吸。

她點點頭。我爸媽發現了我。在河邊的一個盒子裡。我的脖子上掛著一張紙條，上面寫著我是天琴座的公主，注定要遠離故鄉來過地球人的生活。但是，噓！這是個祕密。我發誓：假如有人知道這件事，我就會化為星塵。

那妳的衣服呢？我好奇起來。

她瞇起眼睛思考，驀地睜開眼睛，喊道：那是種偽裝！一切都是偽裝！為了讓我不會消失，我穿著乞丐的衣服。她把那條綁包裹的繩子末端纏在小指頭上，低聲加了一句：有時候我會想家。

我說：我也是。

意思是，你相信我？

對。我相信妳。

而且你答應我不會洩漏我的祕密？

我向妳保證。

她的手在我手裡。

朋友。永永遠遠。

我們用一把小刀在樹皮上刻下我們的名字。雪子宣布：我們的友情樹。她從裙子口袋裡抽出一條紅線，綁在一根樹枝上，接著又宣布：這條紅線是要提醒我們彼此相屬。由於我向你吐露了祕密，你就欠我一份情。由於你答應不會洩漏我的祕密，我就欠你一份情。莊嚴的協定。影子繼續移動。太陽高懸在我們上方，陽光像尖尖的針，紛紛揚揚地落在我們頭上。

63

我們九歲了。然後十歲了。每過去一年，我的感知就更加敏銳。或者其實是變得遲鈍。我對兒時那些童話故事的信心開始動搖，開始質疑它們，我忽然用審視的眼睛去看，用懷疑的眼睛去看，用根本不再看得見什麼的眼睛去看。我的目光磨損了，就像雪子襪子上的破洞一樣。到最後，我爸媽說得對，我不知道我是在跟誰來往，而就算我仍舊一點也不在乎我是近朱者赤還是近墨者黑，我卻愈來愈氣雪子不告訴我有關她和她身世的真相。

妳是從哪裡來的？我試圖引誘她說出來。我們背靠著背坐著，從泥土中拔出草莖。在我們上方，那條紅線已經褪色了。告訴我，從哪裡？妳究竟是從哪裡來的？她的肩膀輕輕抵著我的肩膀。你明明知道。我知道什麼？我不能告訴你。可是為什麼不能？顫抖的肩胛骨。骨頭表達出的沉默。我把一整束草從泥土裡拽出來，擲向寺廟的圍牆。請原諒我。她從我身邊挪開了一點。我們的背部之間有了一道涼涼的縫隙，風從中間吹過。我很想對她說：沒關係，我原諒妳。只是那股怒氣阻止了我這麼做，一股憤怒的痛苦。

64

隔天，我去按宮島家的門鈴，她母親跟平常一樣把頭探出，用沙啞的聲音說：她馬上來。門關上了，一股腐爛和發霉的氣味。從門裡我先是聽見大聲的呼喊，然後是小聲而後愈來愈小聲的嘀咕。這是什麼意思，妳不想見他？妳在胡說些什麼？妳覺得丟臉？那陣嘀嘀咕咕中斷了。此時屋子裡安靜下來，就只有一聲叫喊打破了這片寂靜：我再也受不了了。在那之後又安靜下來。門開了，一股腐爛的氣味。她母親把頭探出來：如果你願意改天再來。也許明天。也許後天。我女兒，這位公主，在鬧情緒。

無數次的改天，我站在門前按鈴。無數次的改天，那道門始終關著。雪子在門後，一顆閃爍的星星。它明亮的光芒掩蓋了它早已熄滅的事實。鄰居的眼睛盯著我的後頸。我徒勞地探頭尋找它，耳中聽見鄰居的閒話，我看得出它在許多光年之外的宇宙中飄移。宮島家吃狗肉和貓肉。宮島家會烤螞蟻來吃。宮島家從裝雨水的桶子裡喝水。宮島家——大家對他們議論紛紛。在我們住的那個地方，他們燃起了大家對異類的恐懼。這份恐懼是：我們有可能會變得像他們一樣。這份恐懼也滲透了我爸媽。當我垂頭喪氣地坐在晚餐桌旁，我從他們明顯的心滿意足能夠感覺出來。他們說：朋友來來去去，你最好接受。將來有一天，當你回顧往事，你就會理解一切都有其意義和秩序。空洞的陳腔濫調，它們的空洞使我感到空虛。我沒有辦法反駁他們。用最後殘存的反抗，我寫了一封信。親愛的雪子，我寫道，讓我們在那棵松樹下再見一次面。我想要見妳，了解妳，跟妳告別。我要告訴妳的是——。在此處我用橡皮擦擦了很久，直到信紙變得又薄又皺。

65

To want a love that can't be true. 他眼皮底下劇烈地跳動。我停止敘述。那首歌喀吱喀吱地繞著自己打轉。鄰桌有人無聲地點了一杯威士忌蘇打。有人掀起了窗簾。雨聲劈哩啪啦。窗簾又重重地落回窗前。這間在白日光線裡失去魔力的咖啡館又被黑暗的魔力籠罩。難以理解，我之前居然會以為咖啡館裡的人與人之間沒有空間。每個人都出神地坐在椅子上，沉浸在自己的思緒中。她去了嗎？他問，眼睛仍然閉著。在包圍著我們的昏暗煙霧中，他的領帶不再是灰紅相間，而是灰色的。就只有灰色。

她去了嗎？他又問了一次。當我沒有回答，他說：可是她一定去了。對吧？她去了！他這樣說時帶著一份急迫，彷彿不僅是我等待著她，他也在等待，彷彿我們兩個都在等她到來。

對，我終於說。雪子去了。

果然！他鬆了一口氣。

可是……

……什麼？

她成了一個陌生人。在不到四個月之後，我幾乎認不出她了。她穿著學校制服，看起來就像個普通女孩，馬尾晃來晃去。她朝我走過來時尷尬地看向旁邊。她走到我面前，低著頭。直到這時我才從她的氣味認出了她。這種羞怯讓我想要傷害她。十一歲小孩的手抓住她的肩膀，搖撼著她，打在她臉上，她無言地忍受了。妳為什麼不看著我？我把她的下巴抬高。妳應該要看著我，至少應該要看著我。我恨妳，妳聽到了嗎？我恨妳強迫我去加入那些人，那些說閒話的人。她終於看著我：他們說的是真的。我們的目光相扣。近。更近。我吻了她。遠。更遠。某件事到了盡頭。我把她推開，她轉過身去。一隻沒有翅膀的小鳥，從前院的沙地上走過去。我跟妳完了，我喊道。

徹底完了。但是這時她的白襪已經消失在灌木叢後面。唸誦《心經》的聲音從寺廟裡琅琅傳出。

66

要如何描述這份苦澀？我是一個玻璃杯，一只破碎的玻璃杯，而我曾經包圍的空間如今和周圍融為一體。荒涼的遼闊，我在其中迷失，腳下是鋒利的刀子。每走一步，就更不可能在任何時候抵達任何地方。

有一段時間我避免經過宮島家。我不向右走，改向左走，不直走而繞道，如果實在無法避免，我就換到街道的另一側。想到雪子可能會站在窗前，或是可能在街上朝我迎面走來，我就會顫抖。這個念頭使我感到侷促和渺小。她可以用手指著我，她可以使我想起我的罪過。我幾乎希望她會這麼做。我是那麼地侷促和渺小，乃至於我幾乎希望她是個比我更差勁的朋友。

但她不是。

我很快就忘記了我們曾經是朋友，而隨著我的遺忘，曾經發生的事失去了意義。我的遺忘從我嘴唇上洗掉了她嘴唇的味道。我只依稀記得它們互相碰觸的那一刻。那到底是不是一個吻呢？我覺得那比較像是輕輕掠過。但就連這個我也忘了。

67

我必須再補充一句：迴避是個簡單的練習。

雖然宮島一家是我們的緊鄰，有好幾年的時間，我沒有遇見他們家任何一個人。傳聞說她父親由於生病而臥床，她母親從事夜間工作。不管這話是什麼意思，總之大家很少看見她，就算看見了，她也都在匆匆忙忙地走著，亂髮落在額上，身上背著大包小包。有時候傳言說她帶著違禁品，有時候又說她是個瘋子，而這成了定論：她瘋了。儘管沒有人能夠聲稱自己曾經見過她，人們至少可以聲稱她的瘋狂寫在臉上。大家一致得出結論：這種事是看得出來的，是你不必仔細看也看得出來的。只有雪子（大家仍舊稱她為那個可憐的女孩）在一項數學競賽中獲得第一名這件事得到了一些稱讚，但是，有誰知道這件事是不是真的？又有誰知道這是不是編出來的？確定的是：最好不要和宮島一家人有任何牽扯。對我來說也一樣確定，直到命運（當時我稱之為討厭的巧合）使得我們的道路最後一次交錯。

我那時十六歲。新的學年剛剛展開。老師在課堂上逐一唸出學生的姓名。我無聊地坐著，手裡轉動著一枝咬痕斑斑的鉛筆。在我周圍的另外三十個同學也跟我差不多。稱不上假期的假期又一次結束了，而我們隱約預感到事情將會永遠如此，亦即稱不上生活的生活一直朝著終點奔去。

藤原理惠！

有！

林大池！

有！

釘元朔也！

有！

宮島雪子！

有！

那枝鉛筆被折斷了。我沒有抬起頭來。她在這裡！這裡！這裡！

大山春樹！

有！

田口弘！

有！

紅線，命運線。永永遠遠。

上田咲子！

有！

山本愛子！

有！

她是一個背部。一個瘦削的背部。這就是全部的她。有時候我會想家。黃色、藍色、綠色的蝴蝶。牠們翅膀上的粉塵。黑色的僧服。單調的《心經》。我恨妳。妳聽到了嗎？我不在乎。朋友來來去去。妳不能走開嗎？公主。我欠你一份情。噓，噓。荒涼的遼闊。天空塌下來了。我想告訴妳。我跟妳完了。

鉛筆筆尖在我掌心。

一陣疼痛轉瞬即逝。

68

如果我成功地在好幾年裡避開了住在隔壁的人，那麼我將也能在教室裡繞個大圈，避開在我前面第三排的那張桌子。我在開學的第一天這樣下定決心。畢竟有足夠的空間讓我們不必碰見彼此，而且我說過了：這件事我駕輕就熟。對我來說，以最迂迴的方式避開某人是最容易不過的事。但我所不知道的是：我的這項技能在第二天就受到了考驗。

不知道是誰起的頭。事情始於一句沒有惡意地隨口說出的話：她很臭。我聽見了。清清楚楚：她很臭。大笑聲。我也聽見了。然後有人皺起了鼻子，無聲地用手指著。雪子的聲音，輕聲低語：請別這樣！又是笑聲：她很臭，好像她裙子底下有一條魚。有人伸出手去抓她。我看見了，清清楚楚：她嚇得往後縮。你在看什麼，有人衝著我說。我移開目光。我什麼都沒有看見。就這樣，在第三天、第四天、還有第五天、第六天，以及之後所有其他的日子裡，我也什麼都沒有看見。

這股臭味，那些張大的嘴巴喊道，發臭的人就要付五千日圓。妳說妳沒有錢是什麼意思？明天妳就要付錢。該死的，妳比一隻母豬還要臭，嗷——，一隻死掉的倉鼠都比妳好聞。嘿，數學公主！要怎麼用公牛除以母牛？一開始只是不帶惡意隨口說出的那句話很快就發展成一整篇文本。

雪子當時需要一個朋友。

一個能替她說話的朋友。

而我。

我沒有嘴巴。我既沒有參與其他人說閒話，也沒有加以反駁。當裡面的世界分崩離析，就該留在外面。每天早上，當雪子走進教室，她的桌子就被倒放在另一個位置上。黑板上畫著一幅諷刺漫畫，是一頭哼哼唧唧的豬，抬起了一隻腳。下面寫著她的名字。她一筆一畫地把它擦掉。雪子變成了雪，雪變成了空無。手裡拿著溼海綿，她終於轉過身來，搜尋的目光，那道目光找到了在稍遠處的我。在這道目光中有種優雅，昔日的光澤：我發誓，我會化為星塵。她就是這樣看著我的。彷彿她想對我說：我在消失。

69

假如我當時。要是我當時。沒有什麼比過去式的虛擬式更令人絕望。它所暗示的可能性是無法實現的，儘管如此，或者正因為如此，這些可能性決定了所發生的現實。假如我當時以某種方式插手干預，要是我當時有能力插手干預，現在我就不會坐在這裡了。

我讓雪子自己去捍衛自己，然而她就只是站著不動。一個具有魔力的粉筆圈愈縮愈小。她就像一隻裝死的動物。有一陣子情況還好。可是後來那些攻擊者又佔了上風，而且他們在沒有發現她最大的弱點之前不會放鬆。一個不小心的動作，他們就知道他們必須朝那裡鑽得更深。那不再是遊戲，而是攸關生死。在回家的路上，我沒有看見她被推向一堵牆；在昏暗的過道裡，我沒有看見別人用拳頭威脅她；在空曠的停車場上，我沒有看見她的裙子滑到膝蓋上。我繼續走，一個默默的目擊者，這是我學到的。如果我插手干預，在當時那還是個現在式的虛擬式，一個完全可能的可能性，那麼下一個就會輪到我。這一點相當確定。寧可不要讓任何事發生在我身上。寧可在有人看見我之前拐個彎走開。

70

現在您曉得了。

是的。

所以現在您明白了？明白我……

你說得夠多了。

不，還不夠。還有更多。

一個菸頭發出紅光。

今天您要加班。

他睜開了眼睛，似乎在尋找一個能讓他凝視的點。他眨著眼，先看看我，再看看吧檯，又看看我，然後看向地面。地板嘎吱作響，一個喝醉的人在去廁所途中迷路了。他無助地站在那些桌子之間，應該要有人去扶他一把，但他就只是這樣站在那裡，一個沒有意義和用途的紀念碑。太可惜了，他口齒不清地說。一支小喇叭打斷了他。

不，還不夠，我又說了一次。但是我的聲音聽起來粗糙刺耳。我心想：也許我應該讓我們兩個都免於聽到結局。鄰桌有人在談魚，談到魚究竟會不會睡覺。我又想：也許我應該到此為止。我想到一句古老的俗話：要叫醒一個不睡覺的人很難。那個喝醉的人仍一直站在中央。服務生繞過他，彷彿他是室內裝潢的一部分。而此刻他的確一動也不動地站著，別人會以為他是站著睡著了。直到有人推了他一下，他才微微地前後搖晃，但隨後就又一動也不動地站著。過了好幾分鐘，他才終於開始移動。但是他沒有去廁所，而是走回他的座位，又點了一杯烈酒。

我必須把故事說完，我心想，這是我至少該做的。

還有更多，我聽見自己說。

71

別人發現了她，四肢扭曲，在學校操場上。她從六樓跳了下來。有人在她跳下來的地方放了花。逐漸凋萎的玫瑰、石竹、菊花。附上的一張紙條上寫著：我們感到悲傷和羞愧。親愛的雪子。我在紙上寫不出一行字。我心想，她隨時可能從灌木叢後面冒出來，然後往回跑，馬尾搖來晃去，背對著我。回來。直到我面前。然後回到更久以前。在墳墓之間散步。我手裡拿著一張白紙，跑了起來。我的太陽穴後面在跳動，也許，也許，她會在那裡，在那座寺廟旁，等待著我。而我們將會坐在那棵彎曲的松樹下面，不讓風從我們之間穿過。

紅線。

我氣喘吁吁地停下來。

那棵樹上掛滿了紅線。我們的友情樹，每一根樹枝上都掛著五條紅線，過去的每一年都有一條。我喘著氣。她怎麼能夠爬得這麼高？她是怎麼爬到那枝葉濃密的樹梢中？我們的名字隨著樹皮向上生長，朝著太陽的方向。她怎麼會知道我會來這裡？我終於看見了她，並且理解了她。但是並不完全。創造出這樣一件藝術品的人會想要保留一個祕密直到最後。廟裡的貓咪嗚、咪嗚地叫著。這還是那同一隻貓嗎？我把牠抱起來，任由牠向我伸出爪子。溫熱的鮮血。我還活著。親愛的雪子。我把它寫在我的臂彎裡。我想告訴妳：我喜歡妳。

72

留下來的是鄰里中的一個缺口。她爸媽的房子在不久之後被清空了。從我房間的窗戶可以看到有人用口罩遮住口鼻，把各式各樣的破爛雜物和垃圾搬到外面。壞掉的腳踏車，成堆。凹下去的鍋子。雜誌和畫報裝滿了一車。收音機。靠墊。床墊。被老鼠咬爛了。三箱燈罩。還有釘子和螺絲。原來宮島一家長久以來是靠著鄰居的垃圾為生。真丟臉，母親說。她站在我後面，靠我很近。他們收集了多少東西！看哪，我們的鬧鐘就在那裡！她說：我們的鬧鐘。彷彿它一直都還屬於我們。彷彿它永遠都屬於我們。她隨口說出了這句話，心思已經又在別處。我明白去提醒她是沒有意義的，是她在一年前扔掉了那個鬧鐘，因為她嫌它的鈴聲太吵。就讓它去叫醒別人吧。她這麼說著，就把它扔進了垃圾桶。

最後一車塑膠製品。我走出去。空罐子。電池。一面破裂的鏡子。我的臉在鏡中是個鬼臉，醜陋地扭曲著。門口放著好幾袋東西，我把手伸進其中一袋，拿出一塊石頭。石頭裡有一隻昆蟲。我把石頭塞進褲袋，在口袋裡觸摸它的表面。它的表面清涼光滑，很好摸。一個工人從口罩後面呻吟道：今天就到此為止吧。

73

那間房子被拆除。據說它的建材沒有價值，不值得保存。在上學途中，我看見周圍的道路被封閉；在放學途中，我看見一輛挖土機推倒了最後一面牆。我腳下的地面在震動。幾天之後，我曾經站著按門鈴的地方成了一塊整平的土地，又過了幾天之後，那裡蓋起了一間新房子。一個家庭搬進來：父親、母親和孩子。好人，大家說，也許有點太時髦了。我們的日產舊車在他們的新車旁邊看起來像什麼？幾乎沒有人再談起宮島一家。大家知道的不多，也不想知道太多，而根據大家所知道的，負債累累的他們搬到了比較下等的城區，而倘若有人在S市的一座公園裡看見他們住在一塊藍色防水布底下，誰也不會感到驚訝。是的，大家甚至會希望能夠說自己曾在那裡見到他們。那會是種幸災樂禍，能夠說：他們淪落到了最底層。而因為大家不想錯過這種幸災樂禍，至少是一絲絲，大家就在並不確知的情況下說：毫無疑問，就算他們現在還不在最底層，總有一天他們會在最底層。直到住在一條街外的藤田家提供了賭癮和婚姻問題作為談資，大家才停止談論宮島一家。

後來呢？

沒有後來。我的意思是，事情就是這樣，而我必須接受。我十七歲了。然後十八歲了。壓力愈來愈大，我將會承受住，咬緊牙關，心想：這就是長大。承受事情的現狀，即使你並沒有從中恢復，也仍然認為自己已經挺過去了。還有去遺忘。一次又一次地遺忘。假如沒有熊本，我就能做到。但是他有雪子的眼睛。那道相同的目光：我在消失。

那是——

我替他把這句話說完。

——一個決定。

不。他搖搖頭。至少不是你選擇做出的決定。現在我明白了。在這間咖啡館。他指指右邊又指指左邊。我們全都是不自由的，但是這並沒有卸除我們的責任。儘管我們不自由，我們還是不斷地做出決定，而我們必須為這些決定造成的後果負責。因此，隨著我們所做的每一個決定，我們就變得更加不自由。

這個想法雖然沉重，卻使我們容易從椅子上起身，走出去到街道上。雨勢緩和了，現在只是一陣濛濛細雨。

明天再見？我問。

當然。

74

在城市裡看不見星星。星星的光芒太亮，照亮了天空，而不是反過來。看不見天琴座，頂多看見一架飛機在屋頂上方滑翔，危險地和屋頂靠得很近。

我吐露了什麼？

現在的我不再只是一個影像，而是蘊藏著另一個影像的影像。一個少女的影像。一隻貼在樹幹上的耳朵。我請求那座寺廟的僧侶不要移除那些紅線。他同意了，雖然他並不知道我的故事，他就只說了一句：真的很奇怪。偶爾我會到那裡去，坐在樹下。但是隨著時間過去，那些紅線褪了色，大多已從樹枝上掉落，只剩下兩條。那個僧侶用完全相同的語氣又說了一次：真的很奇怪。等到最後那兩條也掉落了，他說：人生。

那棵彎曲的松樹還在。那一夜我就在它的庇蔭下度過。我不在乎雨水穿過針葉滴落在我身上，反倒覺得這是種安慰。我就這樣，任憑風吹雨打，手指溼冷，坐待黑暗的時辰過去。爸媽大概會等我，等待我的腳步聲在走道上響起，也許會擔心我人在哪裡，甚至會拿起電話聽筒，撥打一一〇，接著會忽然感到羞愧，又把電話掛掉。因為要如何為了一個幽靈報警？要如何解釋一個本來就已經失蹤的人失蹤了？要如何描述他們找不到他，而他在很久以前就已經下落不明？然而，天剛破曉，我所希望的正是他們會尋找我並且找到我，抓住我的肩膀，打我一巴掌，問道：我們怎麼會辜負彼此到這種地步？然後把我抱在懷裡，說：讓我們再一次重新開始。

75

從太陽入射的角度來判斷，時間是八點剛過。經過一夜，雲層已經向西移動。直到此刻，我才發現我把雨傘忘在那家咖啡館了。它是昨天那一天的證明。假如我沒有把傘忘在那裡，我就會懷疑一切是否都是一場夢。但現在我知道了：口乾的感覺是由於我說了很多話，頭髮裡那股濁氣來自那煙霧。這兩者是相連的。就像我和他是相連的。當我站起來，拍掉腿上潮溼的泥土，我心想：假如他今天跳到火車前面，我確信他會拖著我一起在嗡嗡作響的軌道上迎向死亡。他的領帶條紋橫在我眼前，我上路了。

早安。

他從後面追過了我。

沒睡好嗎？

我跟著他。我們的步伐一致。偶爾他會停下來，尋找什麼。找到了。放慢了腳步繼續走，一支香菸叼在嘴角。再度停下來。繼續走。走得那麼慢，到後來我們不再是行走，而是閒散地晃蕩，兩個閒蕩的人，在行走的人群當中。我在一個玻璃櫥窗上看見我們的身影，脫離了這個世界的節拍。他轉過頭來對我說：雨後的光線總是最清澄。公園到了。我們走到我們的長椅。又到這兒來真好。他伸長了腿。

76

你認為會有來生嗎？

這個問題來得突然。

我的意思是：雪子。昨天夜裡，我已經躺在床上，心想她會不會已經重新投胎了。比如說，在墨西哥。她現在會是兩、三歲大，已經會說話了。西班牙語。她學得很快。別人對她說一個字，她就會牙牙學語。她有兩個哥哥，喬治和費南多，可以看見他們在一起玩。那兩個哥哥會留心不要讓妹妹把積木吞下去。他們也是重新投胎的。我的意思是：想像雪子此刻可能會帶著她已經具有的所有知識住在普埃布拉[5]的一棟屋子裡，在一個房間裡，在一具名叫伊莎貝拉的身體裡；想像她在把積木一塊一塊堆疊起來的時候，會短暫想起她已經來過世上一次。她認得穿過百葉窗照在她玩耍的手上的陽光，認得她母親的呼喚。那是一種重新認出。我懷著這份想像睡著了，亦即我們這些重新投胎的人在這世間是為了重新認出一些東西。這個想像很誘人。你不覺得嗎？有朝一日你有可能會遇見她。在墨西哥。或是在其他地方。在一個被拋出時間之外的時刻，她的衣袖碰到了你的衣袖，這一刻如果錯過就太可惜了。這會是無從彌補的損失。還有：我們的情況可能也是這

5 普埃布拉（Puebla）是墨西哥的一州。

樣。我的意思是：今天在月台上，被那許多人圍繞，我心想我是否會想念他們當中的一個，假如他不在那裡的話；然後我又想：假如我不在那裡的話，他是否也會想念我。我們大家之所以在那兒，是否就是為了和彼此擦身而過。等到火車終於進站，當我看見我的影像在車窗上以及車窗後面睡著的臉孔上移動時，那不再是個疑問，而是個領悟：我們每一個人想必都和彼此有著親屬關係。

77

假如我可以選擇的話。他用鞋尖在碎石上畫了一個圓圈。有兩個人是我想要再次遇見的。你介意聽我說嗎？他清了清嗓子，搔了搔頭。有兩個人是我想在擦身而過時被輕輕碰觸的。

一個是我的老師。渡邊先生。我就只稱他為老師。我十歲的時候，我爸媽打定主意，認為我應該要學鋼琴。他們希望我身上有種隱藏的天賦。他們讓我穿上襯衫和長褲，繫上一條可笑得令人難受的領帶——當時我就已經繫著這種東西了——送我上去到老師家，心中充滿希望，希望我回來時會是個天才。我說上去，是因為老師家在一座偏僻的山丘上，必須要走一條沒有鋪好的道路上山，穿過一片濃密的樹林。老師和他患有肺病的妻子住在那裡，在城市和城市的霧霾上方。據山下的人說，比較乾淨的空氣對她有益。那是間大房子，走進去時你會覺得它把你吸了進去。視時辰而定，光線有時會從這扇窗戶照進來，有時會從另一扇窗戶照進來。在每一個時辰，老師家都充滿了光。

但是屋子裡還有別的東西。一股微酸的氣味。就像在醫院裡。我還記得，老師笑著說：有人死去的時候，就會有這股氣味。他指著一扇半開的門，哈哈大笑：我太太，她就快死了。我聽了很難受。他又笑著說：時間很寶貴，現在，讓我們來看看你的能耐。我無精打采地胡亂彈出上行音階和下行音階。老師的目光嚴肅地盯著我的手：這是什麼？你彈得就好像你身上沒有生命！就連一個死人都比你更有感情！他又笑了。我心想：多麼無情啊。這個人是鐵石心腸。當他的妻子就躺在那裡，他怎麼能夠笑得出來？嘴巴上說著感情，自己卻沒有一點感情。我這樣想，帶著一份幾乎是理所當然的蔑視，沒有質疑自己。

78

有一次，門鈴響了，老師走去門口，而我坐在鋼琴前面，拍死了一隻蒼蠅。我正打算把牠肢解，先從牠的腳開始，這時老師回來了，忽然在我後面發出一聲尖叫，聲音充滿了痛苦，讓我以為他受傷了，而且傷得很重。他把我從鋼琴凳上推下來，啪一聲闔上琴蓋，喊道：你這個毛頭小子竟敢在我屋裡殺死一隻無辜的小動物！我站在他面前，僵直地像一根棍子，嚇壞了，因為他的臉整個扭曲。我心中油然生起一股針對他而發的怒氣，他還在尖叫，一邊來回踱步，為了這件小事而責備我。他張嘴喘氣，我利用那個空檔，用氣得發抖的嘴唇說：明明是您在笑，當您的妻子在那邊咳嗽。嚇人的寂靜。他在走動中僵住了。在我感覺上過了不知道多久，他才終於看著我，終於擺脫了那份感覺上像是永久的僵硬。他朝我跨出一步。停下來。很小聲地說：這就是你成不了鋼琴家的原因。你什麼都聽不見。你沒有耳朵。你只聽見表面上能聽見的東西，卻沒有聽見在那底下的東西。收拾你的東西吧。下課了。告訴你爸媽，你是我教過最沒有天分的學生。要教會你什麼是音樂是浪費時間。在笑聲中就只聽見笑聲的人是聾子，比聾子更聾。我為了她而笑。你聽見了嗎？他笑了。我笑，是因為我知道她喜歡聽我笑。我在笑聲中放進了悲傷。你聽見了嗎？他又笑了。我想讓她知道，她要走了我很難過。我在笑聲中放進了感激。你聽見了嗎？他笑個不停。我在笑聲中放進了我對她的所有感情。她知道，她聽見了。我要讓我的笑聲陪伴她。他笑著跌坐在地板上。我朝他彎下身子，已經一點也不生氣了。這時我看見他在哭。他的臉頰上布滿淚水，他同時又哭又笑。

79

老師說得對。我成不了鋼琴家，但我還是當了他一年學生。大部分的時間我都用來聽他述說。莫札特、巴哈、舒曼、蕭邦。在那當中他要我描述我聽到了什麼，是怎麼聽到的。如同他所說的，我培養出了有感覺的耳朵。他最喜歡的一個詞是：感情。幾乎在每句話裡都會用到。

在他妻子死前不久，聽得出來她的情況很差，我請他為我演奏一曲華爾滋，可是他才剛要開始彈，從那個房間，從那扇半開的門後，傳出了一陣撕心裂肺的咳嗽聲，幾乎不再像是人類的咳嗽。老師垂著肩膀，把手指放在琴鍵上，開始慢慢地隨著咳嗽的節奏彈奏。他沒有用琴聲蓋過那陣咳嗽，而是伴隨著它而彈，彈得就像他妻子的咳嗽。可惜沒有錄音，雖然我不知道這樣的演奏究竟能否錄得下來。等他彈完，他說：如果有什麼是你該學習的，那就是你不該感到羞愧。千萬不要因為自己是個有感情的人而感到羞愧。不管是什麼，都要由衷並且深刻地去感受。感受得更由衷一點，更深刻一點。為了你自己而去感受。為了對方而去感受。在那之後，就放下吧。

我直到葬禮上才見到他的妻子。她穿著白色和服，頭朝北，躺在一具覆蓋著芳香百合的棺材裡。他在棺材前面，既沒有笑也沒有哭。最後面一排有人在說：真是無情，這個人是鐵石心腸。我卻更明白：從他除了呼吸之外一動也不動的臉上，我讀出他是在聆聽自己內心的寂靜，在那裡和他亡妻的寂靜相結合。那就像是他在豎耳聆聽她輕輕離開的腳步聲。

80

後來您還再見過那位老師嗎？我壓抑住我聲音裡的顫抖。

見過，我還又去拜訪過他幾次。我爸媽當然很失望，對他就只教會了我聆聽感到失望。他們認為他奪走了我隱藏的天賦，在許多年後都還後悔送我上山去他那兒學琴。在他們看來，這位老師終身毀掉了我身上的任何音樂天賦。而且他們堅持這個看法。當他在妻子死去不久之後去世，我爸媽幾乎因為現在終於可以埋葬自己的希望而鬆了一口氣。

無論如何，山丘上那棟屋子還在。我和京子去過一次。隔著用木板釘起來的窗戶，我們能夠辨識出那架鋼琴，上面擺著一張樂譜，布滿灰塵。他妻子房間的門大大敞著，但是從木板縫隙中我們就只看見一張窄窄的床。我們在通往庭院的一級台階上坐下，久久聆聽著風聲，聽著風吹過樹木的沙沙聲。京子指著彎曲的枝椏說：我聽見他在彈奏。她的手指在空中：我聽見所有在天上彈奏的人。

即便如此。

我之所以想要再和那位老師相遇，是因為我想向他坦承我是個差勁的學生。我想告訴他我很抱歉：我很抱歉您把時間浪費在我身上。

他用鞋尖把碎石上那個圓圈又描了一次，把雙腳伸進圓圈裡又再伸出來。他解開了領帶：否則我無法呼吸。

81

他猶豫地說：仔細想想，其實我寧願死亡是個結束。一刀兩斷。之後就什麼都沒有了。你進入一個真空，不再有人，不再有故事。全然解脫。還是該怎麼說呢？他的聲音像揉皺的紙張。你該知道，我沒有告訴你全部的真相。他的呼吸變得很淺。當你問我有沒有小孩，京子和我。我們有的。我們有過一個兒子。他的名字是剛史。他把領帶從脖子上取下，隨手扔在長椅的椅背上，呼吸比較順暢了，繼續往下說。他的聲音就像揉皺的紙張被小心翼翼地攤開，然後盡量將之撫平：剛史。堅強的人。

我們很少談起他。如果談起，那麼談起他的人就是京子，而不是我。她蜷縮在沙發上，像隻貓，把臉埋進靠墊裡，對著靠墊說話。說的始終是同樣的事：你還記得嗎？我叫他螢火蟲。他的微笑是那麼燦爛。還有：你還記得嗎？我替他織的那件藍色毛衣，我是如何一針一針地再把它拆掉。還有：你還記得嗎？在他床頭的那隻絨毛小兔子，他睡著時紅通通的臉頰。還有：你還記得嗎？這份相似。始終都是同樣的話。她談起的是我不記得的事。談起肥皂泡和蒲公英。我唯一記得的是那份難堪，那股熱浪，一個無動於衷的人所感覺到的難堪，當別人告訴我：令郎有殘疾，他永遠不會像其他人一樣。那種感覺，無感：你們搞錯了。這個孩子不是我的，是別人的。這是個錯誤，這個孩子，我拒絕了他。

82

好消息！京子迎著我跑過來。

上班最美好之處……

……在於回家。她拉著我的手臂，穿過走道，走進客廳。我們的房子是她布置的。我們一買下這間房子，她就把每個房間都走了一遍，量了尺寸。沙發要放這裡，電視機要放那裡。雪花玻璃球和音樂盒放在五斗櫃上。跳著舞的芭蕾舞伶放在小茶几上。雙腿埋在沙子裡的裸女掛在這面牆上，眼神朦朧的水手掛在另一面牆上。我們的家就是這些家具、物品和照片的總和。而最多的是京子的書。每年她都會宣布我們需要一個新的書架。

你得猜猜看。她把我拉到沙發上坐在她旁邊。我裝傻：今天的白菜和甜椒特價。她笑了。我的手擱在她肚子上。啊哈，我知道了！是草莓和桃子！她笑得肚皮顫動。我在其中聽出了幸福、期待，一點點恐懼，然後又是幸福。噓，噓，最後我說，妳會把他吵醒的。這時她輕輕地說：我們就要成為一個家庭了。那個字眼很柔軟，在我嘴裡融化。一個家庭，我重複了一次，彷彿隨著這個字眼融化了：一個家——庭——。

83

我心中有這個孩子的形象，這個尚未孕育完成的孩子，尚未出世，還沒有名字，在我們當中成長。我心中有一個人類的形象，他將來到這個世上，在世間成長，以某種方式使這個世界變得更好。這是個典型的形象。在殊相中有著共相。我的孩子，我們的孩子，毫無疑問將會和這個形象相匹配。他將會符合這個形象，甚至會超越這個形象，超出其極限，提升這個形象。無論如何，他都會是一種延續，延續了我和我的祖先所開始做的事。我心中懷著這個形象九個月之久，就像京子懷著這個孩子一樣。就連小慧也無法損及我對它的信念。

那是在深夜，在京子分娩之前幾天，我聽見她摸索著在屋裡走動。我在小孩房的壁櫥前面發現了她，挺著圓滾滾的肚子，周圍是五顏六色的小帽子、小外套和小襪子。

妳睡不著嗎？我走近她。

不。她轉過身去。月亮在她身後。我做了夢。她說，彷彿還一直身在夢中。我夢見了小慧。

小慧是誰？

那個有紅色胎記的女孩。據說她有半邊臉被火紅的胎記覆蓋，從額頭到後頸。大家用手掩著嘴巴說。她的父母很清楚大家說的閒話，白天裡就把她藏起來，只在天黑以後帶她出門。大家壓低了聲音說：她父親會把她扛在肩膀上，讓她看看我們遊戲的街道。她母親會唱著歌走在旁邊。他們一家三口會在夜裡散步，避開路燈的光線。若是有人朝他們迎面走來，他們就會走進灌木叢，面牆而站，或是縮著頭趕緊走開。當我們還住在那附近的時候，我大概是七、八歲大，經常從他們家旁邊經過。不透明的窗戶，有時候窗簾在動。我想像著小慧在向我揮手，心想她一定很孤單。我當時很希望自己有勇氣也向她揮手。真奇怪，居然在這麼多年之後夢見了她。我已經很久沒有想到她了。在夢中是她在問我：妳該有多麼孤單？我說：很孤單。少了妳，我很孤單。

就只是一個夢。妳做了夢。我在京子旁邊冰冷的地板上蹲下，把一件小外套摺好，它不比我的手掌大。

對吧？京子忽然清醒過來。我們仍然會愛我們的孩子，就算——

——別胡說了！我沒讓她把話說完。

後來當我們躺在床上，她說：是個男孩。醫生告訴我是個男孩。

已經快要睡著的我說：他的名字將是剛史。

84

分娩時我不在場，據說很順利。我在前往醫院的途中買了花。淡淡的花香在我鼻子裡，和我在老師家聞過的那股微酸氣味混在一起。我想著他，當我爬上樓梯，嘴裡哼著一段旋律，推開一扇又一扇的門。我想著他，當我穿過一條條走廊，經過一間間病房和病床，經過無數個名牌，終於讀到「大原京子」這個名字，走進去。在走進去時我感覺到我的人生從此有了重大的轉折，那是一種勝利的感覺，而它轉眼就變成了被擊敗的感覺。在我進去之後，京子說的第一句話是：他們不想把他帶到我這兒來，有什麼事不對勁，我不知道為什麼。她的手緊緊抓住我的手。哲，拜託。我想要他們把他帶到我這兒來。就算他沒有眼睛也沒有嘴巴，都無所謂，我一定要看看他。那束花不知怎地凋萎了，失去了生命。我心中有個東西變硬了。我掙脫了京子的緊握，她的手跌回被子上。我喊道：妳在說些什麼？一切都好得很。我心中有一個影像。妳聽到了嗎？我心中有幾千個影像！妳聽到了嗎？幾千個！我們一起打棒球，剛史和我，他是打擊者，我是捕手；妳替他縫一套制服，黑色和橙色，就像巨人隊的制服；他對歷史感興趣，不，是對地理感興趣。我買個地球儀給他，然後我們用手指完成了一趟環球旅行；我們打架。當然是打著玩的。我們像電影裡面那樣打架，夜裡我們在妳睡著之後一起觀賞的電影。他比我強壯，有個強壯的拳頭。他用拳頭打進我肚子，而我心想：他將會成為一個強壯的男人；他讀醫學。不，是科技。不，是經濟。他是他那一屆最優秀的學生，而我以他為榮。我沒有說出來，但是我感到自豪。我自豪到去否認我感到自豪。我是那麼自豪，乃至於我假裝這沒有什麼：他不僅是他那一屆最優秀的學生，根本就是最好的兒子，是我這輩子遇見過最好的人。

那位醫生。

刮過鬍子的下巴。

小眼睛在厚厚的鏡片後面。

毫無疑問。我們已經確認了。令郎有殘疾。另外還有心臟缺陷。不，這是沒辦法解決的。這不是能夠解決的事。您必須了解。這種情況無法改變，且將會持續下去，沒辦法藉由手術來移除。您明白我的意思嗎？大原先生？您必須明白這一點，這很重要。令郎將永遠不會和其他人一樣。

他說的話我一句也不明白。當醫生問我現在是否準備好見他，我搖搖頭，沒有道別就走了出去。我認為我當時是害怕他可能長得像我。

85

一週之後他們回家了。他們是京子和剛史。我沒有把我自己算進去。

「家庭」這個字眼曾經使我隨之融化，如今卻在我嘴裡凝固成一塊堅硬的疙瘩。我咀嚼著它，它噎住了我，那味道令我作嘔。我站在走道上，一隻手遮住嘴巴，無法強迫自己走進小孩房去找他們。

剛史不哭叫。在我心裡曾有一個哭叫的嬰兒影像。一個母親的影像，她抱著他搖來搖去，把他放下來休息。我自己的影像，帶著溫和的微笑俯視他們母子。沒事了，我想說，沒事了，我想拍拍他的背，拍拍她的手臂。但我卻置身事外。那份寂靜使我能夠置身事外。在那些日子裡，我們的屋裡一片寂靜。所有的聲響在屋裡似乎都被壓低了，被那片寂靜給窒息了，讓人幾乎無法忍受。我渴望一聲震耳欲聾的巨響，渴望聽見一扇門啪地關上，一面玻璃牆裂成碎片，渴望聽見任何一種噪音，可以和我想像中的嬰兒啼哭相比擬。這份渴望驅使我離開。我沒必要地更早起床，沒必要地更早出門，沒必要地更早坐在我的辦公桌前。旋轉椅嘎吱作響，打字機噠噠噠噠。我替兩個人加班。差點過勞死。下班後去一家卡拉ＯＫ酒吧喝酒，口齒不清地唱著有關悲傷與美的歌曲，把麥克風緊緊貼在嘴上。從最喧鬧的角落走過。依戀著一個從未出生的人，這一點不該有所改變。

86

京子卻不一樣！

她在綻放。我觀察到她在綻放中一天比一天更美。一個母親眼中的這道光芒，當她俯身在孩子的床上，沉醉於他的每一個動作，哪怕是很小很小、幾乎察覺不出的動作。她會說：看哪，他已經會抓東西了。看哪，他笑了。看哪，他有你的眼睛。你不覺得嗎？由於我沒有回答，她對他說：爸爸的眼睛，你有著爸爸的眼睛。走道上的我感到羨慕。我羨慕她有這種能力，把這個安靜無聲的孩子視為我們的孩子，接受他原本的樣子，絕口不提他的缺陷，這在我看來違反了一切理性，違反了一切人情之常。不僅如此：她沒有意識到他有任何缺陷，而她明明應該能看出這是個錯誤。我心想，她肯定只是在假裝。對，她肯定是在欺騙自己。我對公司裡的同事說，我們的兒子生下來非常健康。十根手指，十根腳趾。大家向我道賀，給我熱烈的掌聲。我記得那一雙雙手不停鼓掌的聲音，也記得有三十秒的時間我有類似幸福的感覺。

爸媽來探望。京子的爸媽。我的爸媽。禮貌性地去小孩房看一眼，之後就喝茶、吃餅乾，聊起物價上漲、南部的颱風、還有一個演員和一個女歌手的緋聞。交談很吃力，一再中斷，就只靠著努力不要把話題轉移到剛史身上並持續下去。我走進花園，去抽一根菸。天氣十分悶熱，不久就會有一場暴雨。我母親跟在我後面。我聽見她在我背後用手帕擤鼻子。可憐的兒子，她說。她指的是我。不知道怎麼會發生這種事。也許是松本家族，岡田太太隱瞞了我們一些事，我們當時應該要更仔細調查才對。總之，原因不在於我們。她嘀咕著。我由著她，在她的嘀咕中聽出了安慰：是京子。毫無疑問是她。她當時那樣沒有禮貌，從她的無禮就應該可以看得出來。夠了。我小聲地說：夠了。

87

你抱一下他吧？京子把他塞進我臂彎裡。我得去看一下水煮開了沒有。說著她就進了廚房。我獨自和剛史在一起，第一次也是最後一次。他的重量令我驚訝。他身體的溫暖也令我驚訝。在我想像中他又輕又涼，就像一種你無法抓住的東西：一陣微風。才剛來，就又走了。他凝視著我，一雙拳頭向上伸出。我托著他的頭。絲般柔軟的頭髮、扁扁的小鼻子、張開的嘴。你，哭叫一下吧。稍微哭一下。你就不能為了我而哭叫一次嗎？這就是嬰兒會做的事啊。他們整天哭叫。他們的哭聲令人抓狂。為什麼你不哭叫？我捏他的臉頰。先是用力，然後更用力，用力到我的手指都疼了。他的哭叫是一陣喘息，我嚇了一跳，把他放下。沒有哪個嬰兒會這樣喘息，只有很老、很老的人才會這樣喘息。我趕緊走開。我需要空氣。等京子回來，我已經在外面那棵楓樹下，點燃了一根香菸。如今我想：假如當時我再多坐一會兒，等待他露出微笑，我就會發現他的殘疾和我的相比微不足道。那個在我心裡變得堅硬的東西，阻止了我深刻而由衷地去感覺他臉頰的柔軟。在我們兩個當中，我的心有著更嚴重的缺陷。

京子沒有責怪我。她知道我沒有說出來的感受，可能也害怕我會把這些感受說出來。所有那些來向我們表達祝賀的人，她戲稱他們為弔唁者，是來向我們表達他們的遺憾：孩子不健康真是可惜。真是運氣不好。不知道這種事是否能夠預防。京子大概是害怕從我口中聽到同樣無助的遺憾。好像他已經死了似的。她忿忿不平。她沒有對我感到氣憤，而是對其他人感到氣憤。

88

有一次，我們去造訪「陽光之家」。那是京子的主意。那是一棟房子，像我們這樣的父母帶著像剛史這樣的孩子在那裡見面交流。屬於一個群體。這個念頭忽然令人感到鬱悶。身為一個團體的成員，我擺出一副笑容，戴上這副笑容，就像掛著一個牌子，上面寫著：請勿觸摸。我躲在它後面。在輪流自我介紹時，我微笑著說：我很高興能到這兒來。我數了一下：五個孩子。九個父母。少了的那個就是我。儘管如此，大家還是歡迎我：我們也很高興。

剛史的年紀最小。五個月大。另外幾個孩子是三歲、六歲和十歲，還有一個是十六歲。令我驚訝。十六歲的那個男孩正在畫一張圖，我想他叫洋次。他坐著，興奮地跳上跳下，手裡拿著一支紅色粉蠟筆，斜著眼偷偷瞄向我們，又俯身在畫紙上。這時，他旁邊的十歲女孩美紀熱切地宣布她長大以後要蓋房子，她父親自豪地摟住她的肩膀：那就是建築師，我的女兒將會成為一位建築師。真是個瘋子，我心想。臉上仍然掛著微笑。那個三歲男孩從我雙腳之間爬過去。小太，過來！他母親用一隻塑膠鴨引誘他。大家七嘴八舌地交談，被四處散放的玩具絆倒。一個四肢扭曲的玩偶躺在一隻沒有眼睛的泰迪熊身上。那個叫明子的六歲女孩瘋狂地打它。

叔叔。

我嚇了一跳。一隻紅色的手輕輕碰了我一下，那隻手紅得像火。

是洋次。他說話很吃力。擠出每一個字，就好像他剛剛才學會這個字似的：我畫了一張畫。喏，請。這是您。他把那張畫遞到我面前。

我看見一張臉。稜角分明。嘴巴是一條線，兩端向下拉。眼睛是兩個洞，從中射出兩道閃電。沒有耳朵，但有兩隻角。一個惡魔的臉。洋次的父親向我道歉：他把您畫得不太像。然後對他說：你可以畫得更好的。你明明看見叔叔在微笑啊。洋次嘆了口氣，走回他的座位。

89

他也嘆了口氣。想到這個男孩看穿了我的靈魂。而且不僅是他。他用衣袖擦掉額上的汗水。這種炎熱，草地都乾掉了。在一年四季當中，我最不喜歡夏天。疲倦的咳嗽聲。我們在公園裡。我注意到他沒有像平常一樣把公事包擺在我們中間，也注意到這沒有讓我覺得不舒服。我們的長椅是一張等候椅。我們一起等待著某件不會發生的事。

剛史！

一聲尖叫。

它在我們寂靜的屋裡的四壁之間迴盪。

我衝進小孩房。京子在那兒。尖叫著。俯身在他床上，把他高高舉起。他的頭沉重地倒向一邊，他沒有在呼吸，他的身體是冷的。快過來。動作快。去醫院。一股微酸的氣味。我想起那個老師。發動引擎。那部汽車在颼颼行駛時尖叫。我在後視鏡裡看見京子由於尖叫而崩潰的臉。剛史在下方，在她的腿上。我看不見他。哲，拜託，開快一點。看在老天的份上，你能開多快就開多快。然後是那個瞬間，當她突然停止了尖叫，輕聲說道：他沒有呼吸。他死了。交通號誌的藍光照在京子的臉上。開慢一點。再慢一點。你應該要慢慢開。我想要把他留在身邊，在我還能夠如此的時候。我把腳從油門上移開。煞車。我承認我又感覺到這份難堪，這股熱浪。死了的是誰？我不認識他。在我們後面有人按喇叭。有人罵了一句難聽的話。一種感覺，無感：他指的不是我。當別人對我們說：我們很抱歉，我們無能為力。他們指的也不是我。

90

我知道這沒有意義。但是我真的希望我能夠說：就在那一天，我看出自己蒙受了多大的損失。看出我失去了我的兒子，看出我一次也不曾喊過他的名字所意味的損失，我替他取的名字。剛史。強壯的人。這就是我對他的想像。強壯得像一個擊中我肚子的拳頭，就像在那些我不曾和他一起觀賞的電影裡面。但是，我失去了誰，由於失去他而連帶失去了什麼，這份領悟是我後來才有的，在許多年之後。而當它來臨，那是個雙重的損失。是揭開了一個瘡疤。你把手伸進去，明白你無能為力。那不是你能夠解決的事。

我們兩個回到家裡。走道上躺著一個波浪鼓。京子彎下腰，把它拿起來。我說：也許這樣比較好。我把這句話說出來了。京子唰一聲朝我轉過身來，睜大了眼睛：對誰來說比較好？對你嗎？她問了這個問題，留下我站在那裡，自己走進小孩房，把門在身後閂上。我豎耳傾聽，想聽見一個信號，但是就只聽見我手腕上的錶滴滴答答地走著。一個小時之後我放棄了，在電視機前坐下，把音量轉大。

91

許多年後。

京子像隻貓蜷縮在沙發上，對著一個靠墊說話。說的始終是同樣那些話：你還記得嗎？在八月的那個晚上。當你說：也許這樣比較好。在你說這句話時，我對著你感受到這輩子前所未有的敵意。你穿著你的西裝，領帶歪掉了，腋下有暗色的污漬。我坐在剛史的床邊，對你有著莫大的敵意。有六個月之久，我努力不要感覺到這份敵意，不要在你醉醺醺地回家時感覺到，不要在你醉後抱怨你的生活是個死胡同時感覺到。但現在我心中充滿了這份敵意。終於。這是那份悲傷的渴望，渴望到他那邊去，去到那另外一邊。友善的死神。我想要他。懷著這份敵意，我覺得他是個朋友，他將衷心地歡迎我，親切地把我放進他心裡。極樂的夜。我想要數羊，直到最後一隻跳過柵欄。可是。你知道是什麼阻止了我嗎？你聽好了！是那個單純的念頭：我必須要在六點鐘起床，替你準備便當。這很荒謬，對吧？沒有比這更荒謬的事了。想到你需要我。我有一天——就是今天——將會告訴你：我看穿了你和你的無能。在看穿了你所有的無能之後，我看見了一個受苦的人。就是這個念頭拯救了我。我忽然看見了你，看見你搭車去上班，又下班回來，去上班，又下班回來，而我忽然看見你在推著一塊岩石，我和你一起推著它。日復一日。我們互相推著對方走上一條陡峭的山路。

92

三個飯糰。天婦羅。涼拌海帶。

假如剛史還活著的話，現在他會是三十一歲。一個很好的年紀。他把筷子掰開。一個讓人可以回顧也可以前瞻的年紀。你想吃一點嗎？

我點點頭。

喏，拿一個飯糰吧。好吃嗎？

好吃。這是我吃過最棒的飯糰。

他笑了，笑著用手背去擦眼睛。一滴看不見的眼淚。但願我能和他一起這樣坐著，吃京子做的便當。我的意思是，就像我和你這樣。你不覺得嗎？他用筷子一下指指這邊，一下指指那邊。以某種方式，可以說所有的人都在這座公園裡。那邊那個挽著年輕女子的男人是橋本。那個拿著手杖一瘸一拐走在他們後面的老婦人是他的妻子。那邊那個拿著書、嘴裡叼著鉛筆的人是熊本。在樹蔭下把裙子拉到膝蓋上的人是雪子。坐在噴泉旁邊餵鴿子的那個人有可能是我的老師。所有的人都在這裡。都在這片天空下。你只需要去守候。

我想說：如果是這樣，那麼我很樂意當您的兒子。但我沒有說。反倒請他幫我一個忙。是有一件事，我開口說。

什麼事？

有件事是您可以替我做的。

你說吧。

請告訴您太太有關您失業的真相，今天晚上就說。這是您欠她的。在所有發生過的事之後，在所有沒發生的事之後。

我答應你，我會這麼做。而你，你要答應我把頭髮剪短，今天晚上就剪。我一直想告訴你卻沒有告訴你，但是你這一頭亂髮看起來很嚇人。

我和他一起笑了：好，一言為定。

星期一我們將會認不出彼此了。

您會來嗎？

當然會。

然後呢？

一個新的開始。

93

那天下午睡著的人是我。我睡著了，並且做了夢：我在我房間裡。手上冒出冷汗。我直挺挺地躺在床上，一具屍體。我用盡全力試圖移動自己。這時我聽見父親的聲音：沒有什麼可做的了。這孩子死了。我想要呼喊：不，我還活著！但是我沒有嘴巴。一面鏡子在我上方，在鏡子裡我看見自己沒有嘴巴也沒有眼睛。從我沒有的眼睛裡，我看見我的臉像一面白牆。母親的聲音：他令人惋惜，他從來沒有找到他的臉。就在這一刻，窗簾打開了。刺眼的光線從窗戶照進來，落在就是我的臉的那面白牆上，而我忽然看見，在鏡子裡，那面牆粉碎了，而我房間的四面牆也隨之粉碎。我周圍是遼闊的空間。有人碰觸我。我追在他身後。在奔跑中我又有了嘴巴和眼睛。臉頰上有燒灼感。我察覺我在哭。我的眼淚是一條條紅線，從我臉上流下。我喊道：我沒有忘記，沒有忘記為了你而哭泣，我親愛的孩子。

當我醒來，他已經不在了。他的領帶掛在我旁邊的椅背上。我把它塞進口袋，摸了摸它的質料，溫暖的絲綢。一個新的開始，先前他這麼說。這句話使我感到疲倦。我拖著腳步穿過公園，走出去，穿過十字路口，經過藤本雜貨店，回家。爸媽擔心地站在門口。你回來了，感謝老天，我們本來已經——。但是我太疲倦了，就只能懶洋洋地向他們拋出一句「我回來了」。爸媽異口同聲地說：歡迎回家。

94

就在今晚。我們有個約定。我遵守這個約定。右手拿著剪刀，我把頭髮一綹一綹地剪掉，直到我的頭顱變得輕盈且涼爽。一旦剪掉了，散落在地板上的頭髮就不再是我的，而我心想，他的情況想必也是如此。一旦說出來，真相的重擔就會從他身上落下，事後他將無法再說清楚，為什麼之前他會拖了這麼久才說。他將會像我一樣站在鏡子前面，覺得自己既陌生又熟悉。他將會想到我，並且對自己說：坦承真相就像是剪掉頭髮。

但是熟悉的那個疑問仍然佔了上風：事情該如何繼續下去？我們的友誼是我走進的那個更大的空間，我在它的牆面上貼滿了我們向彼此述說過的那些人物的影像。想到我可能必須要離開這個空間，穿過一扇我不知道將會通往何處的門，使自己面對著未知，這個念頭危險地包圍了我。我幾乎希望他會繼續拖延他的自白，在星期一出現，無言地讓我明白他沒有做到。這是個卑鄙的希望。我壓抑住它，將整個週末都用來把它擱在角落裡。在星期天晚上，它就還只是個微弱的願望：但願我還有機會告訴他，我很樂意當他的兒子。

95

九點鐘。那想必是他。短袖襯衫，夏威夷圖案。他朝我走過來，他的臉奇怪地變得年輕了。不，我弄錯了，那不是他。但後面那個人是他。肩膀向前傾，歪斜的步伐，彷彿想要避開別人。對，那是他。然後：不是他。接著又是：那是他。然後：仍然不是。然後：又不是。怎麼會這樣？他肯定是臨時有什麼事，遲到了。肯定是如此。他馬上就會來了。灌木叢旁的身影，那是個男子嗎？還是個女子？還是個小孩？如果是他呢？我等待著。窺視著。

這肯定是個誤會。這麼多人來來去去。以前我不曾注意到他們。他是否出了什麼事？每次認錯人，我就替他的缺席編造出一個理由。有一次是頭痛，然後是他有個遠親去世了，夏季流感，有人急需要他協助。我把他的領帶捏在食指和中指之間等待著，已經根本不確定我究竟在等誰。

中午時分。公園裡的人打開了便當。他們三五成群地散坐著，吃吃喝喝，聊著天。我想到京子，心想她今天是否又是出於習慣而在六點鐘起床。還是她仍舊躺在床上，請求他不要離開。她是否知道有我這個人？假如他發生了什麼事，她是否會到這兒來把消息告訴我？前面那個女子有可能是她。我覺得她在尋找某個人。我在這裡，我差點就喊了出來，但這時我看見她已經挽著她要找的那人的手臂。我頓時為了賦予自己這種重要性而感到羞愧。我把衣領豎起來。我是誰啊，竟然認為京子應該來找我？我是誰啊，竟然認為她應該自覺對我有一份義務？我目送著她，看著她消失在一棵樹後面。走在她旁邊的那個上班族一邊走，一邊把他的手輕輕擱在她的後頸上。

96

它又出現了。身為無名小卒的那種感覺，比無名小卒還不如，什麼都不是。那是種無力感。它給我戴上了鐐銬，說：現在跑吧！我嘗試要跑，掙扎著，就只移動了一公釐。我累得發抖，由於移動了這一丁點距離而費的力氣。就是這種顫抖，一種在皮膚底下的持續發癢，在雪子死後從內到外提醒了我：儘管我努力想要正常，儘管我為此而做過種種奮鬥，我正因為這樣而和別人不同。

我盡可能隱藏它。我不想讓別人看出我在隱藏它。如果有時候隱藏不了，我就會是那個笑得最大聲的人，指出它，笑著說：真好笑！通常我都把雙手插在口袋裡，每當有人喊我的名字，我的雙手就開始顫抖。我被逮著了嗎？別人發現了嗎？假裝什麼都沒有看見的我極其小心地不要被看見。有誰比隨波逐流的人更不會被看見呢？雙手插在褲子口袋裡，我假裝是個有一張臉而沒有祕密的人。這就是我先前所說的壓力。不是課堂作業，不是成績，這份壓力在於必須掩飾我沒有臉這件事，努力讓別人相信，我把自己縮進去的第一個空間不是我在爸媽家的房間，而是我光滑的額頭。早在更久之前。老師偶爾會提起雪子的故事，為了這個故事中所含的教訓，當她的名字被提起，我就會把雙手在口袋裡插得更深，漫不經心地吹著口哨，去上廁所，把自己關進廁所裡，等上好幾分鐘，直到那陣顫抖稍微緩解。弘。有人敲門。你在裡面幹什麼？我說：你知道的。喔，對方心領神會地格格笑了。老兄，你花的時間也太久了吧。我走出來，擺出一副嘻皮笑臉。

在家裡我避免和爸媽同桌吃飯，避免在他們的注視下用顫抖的湯匙和叉子吃東西。而他們很可能根本沒有注意到，因為我掌握了一些訣竅，把那種顫抖壓回皮膚底下，把它藏在那下面，直到我再度獨自一人，鬆了一口氣，才讓它再浮出表面。我愈來愈常在我房間裡吃飯。父親和母親都沒有問起原因，他們說：大家都知道這是怎麼回事，這個年紀的孩子有他們的難處。假如他們問了我，我也不可能給出更好的答案。他們對我這個麻煩年紀的諒解是我能夠給出的最好藉口：請原諒，但是我沒有興致和你們坐在一起。請原諒，但是我懶得向你們解釋原因。顫抖的目光。在所有的人當中，我最不想被我自己看見。

97

但是我看見了自己。

我站在旁邊，看著我自己。

搖晃的相機。

我看見試圖騙過自己是不可能的。我對自己說：袖手旁觀是正常的。對雪子那聲沒有說出口的「請幫幫我！」聽而不聞是世上最正常的事。在那一刻繼續向前走，當她的目光和我的目光重疊，緊緊抓住我的目光，忽然看出：他不會幫我，不能指望他提供任何協助。這份失望，當她的目光從我的目光中跌落，由於我繼續向前走，拐過兩個街角之後喘著氣停下來，聽見輕輕一聲劈啪，彷彿有件非常細緻的東西被一件非常粗糙的東西給壓扁了，扯破了，磨碎了。誰不會這麼做呢？然後更加匆忙地跑開？誰不會做同樣的事呢？我就這樣說服自己，並且看見我是如何相信自己，拚命想要相信自己，這使我平靜下來，一份假裝的平靜。忘了雪子吧。你已經忘記過她一次。我看見自己假裝已經忘了她。她是一片白色上面的那個黑點。如果對它視而不見夠久，它就不再存在。現實是一個變量，只是一個佔位符，內容可以改變。你去竄改它，這不是犯罪。只有當你把竄改過的現實視為比真正的現實更為真實，並且違心地去捍衛這個竄改過的現實，這才是犯罪。

假如我有哭過一次就好了。我看著沒有哭的我。下頜緊繃。吞嚥口水。打破點什麼。快。那邊那面鏡子，砸了它。再一次。用拳頭打進去。一陣令人舒服的疼痛，遮掩了原本的痛苦。那個不在的人。那個被強迫不去感受的人。把碎片掃起來。扔掉。真心知道不哭泣也是一種哭泣。儘管如此，你還是沒有哭。繃緊了下頷。吞嚥口水。

也有其他人像我一樣。要認出他們很容易，但要在他們身上認出我自己很難。我從他們逃走的步伐中認出他們。別人和他們說話時，他們脖子上的紅斑。誇張的歡樂。拚命表現出一種正常，他們正是因為這樣而不同於正常。我覺得他們令人厭惡。他們全部。他們這麼容易被看穿，我覺得他們是半吊子，威脅到我和我使人信服的努力。他們若是犯了一個錯誤，我就要花費更大的努力才能維持我的假面。把我們連結在一起的東西同時也把我們和彼此分開。我們都在自己的殼裡，受到最輕微的震動，我們就把腦袋縮進去。

98

我十七歲生日那一天，父親提議和我一起去海邊。他說：今天我們開車去海邊，就我們父子倆。這是他提議某件事的方式。在車上我們聽著古老的演歌，那人唱著：世上最美好的莫過於清酒和女人。父親跟著唱，我則無言地看出車窗外。我覺得我們彷彿在原地沒有移動。是那些房屋、稻田和雲朵在移動，而不是我們。蒼白的月亮。底下是一抹藍色。那抹藍色靠近了。大海。

父親的襯衫像一面風帆一樣鼓漲起來，在前面帶路。我在他身後沿著海灘涉沙而行。海浪在呼嘯。一隻海鷗頂著風飛行。兩座岩壁。我們在這裡休息吧，我們很久沒有像這樣坐在一起了。我回答：這是第一次。他尷尬地清清嗓子。無論如何，這樣在一起感覺很好，我們應該更常這麼做，像這樣在一起。他脫掉了鞋襪，把腳伸進沙子裡。我們太少這樣做了。他笑了。我從他單薄的笑聲認清了他。我本想拉拉他的衣袖，告訴他：你不必這樣。不必在我面前隱藏自己，不必用笑聲來趕走你的悲傷。他又清了清嗓子，把腳趾在沙子裡埋得更深。你知道，長大並沒有那麼糟。我的意思是：你有一個目標，一個明確的目標，然後你盡全力去達成這個目標。你盯著這個目標，一步一步地朝這個目標走去。你可能會跌倒，你就再站起來。但是到最後，你將會抵達你的目標。你將會回頭看，看出你走了多遠。透過沙地上的足跡。而你將會感到快樂，途中所有的絕望都會一掃而空。你明白嗎？我點點頭。你曾經絕望過嗎？這個問題從我口中脫口而出。誰？我嗎？他住了口，雙腳腳踝以下都伸進沙子裡。沒有，你怎麼會這麼問？我說的就只是一般的情況。我想說的是：不要離開你所走的路。他輕輕拍拍我的肩膀。像這樣在一起很適合談話。父親拍掉腳上的沙子，穿上襪子、鞋子。我們繼續往前走。破碎的貝殼。蹦起的石子。地平線上一艘船。它掉個頭，回家。

99

說也奇怪。但是領悟到父親也隱瞞著一些事，領悟到他也充滿了顫抖，把顫抖壓抑在他的皮膚底下，這安慰了我。至少是有一段時間。事情就像他所說的那樣：人必須要有一個目標，你必須盡力而為，必須達成這個目標。終有一天會感到幸福。要做到這樣就只需要輕輕一躍，跳到安全的那一邊，跳到那些不去想太多的人那一邊，不去想那有多麼痛苦，不僅是背叛了別人，而在背叛別人時也連帶背叛了自己。我想跳到那一邊去，已經開始助跑，還在助跑當中，差點就要跳了，要不是熊本這個接力賽跑者在最後一刻把誠實的棒子遞給了我。承認吧。這是他在呼喊嗎？終於承認吧，承認你患有同樣的毛病。我的那聲「對」就是在我身後關上的那扇門。父親的絕望來得太晚。當他咆哮著衝進我房間，舉起手來想要揍我，我早已經變得無法觸及。我很確定他看出來了。事實上，在我面前退縮的人是他。他故意打偏了。

蒼白的夜空。

公園裡漸漸空了，周圍的燈光亮起。再等一分鐘吧，也許他現在會來。就在我要站起來的時候。黑皮！別跑！一條繃緊的繩子。溫暖的狗鼻子在我脖子上。黑皮！不可以！黑皮！過來！黑皮！乖一點！那隻柴犬不聽話。牠一再跳到我身上，舔我的臉。粗糙的舌頭。牠嗚嗚乞憐。我把牠推開，站起來。黑皮！放下！我聽見牠在吠叫，在我離開我們那張長椅之後牠還叫了很久。

100

一個星期就這樣過去了。九點鐘，我去到那裡，看著他出現，然後不得不認清：那不是他。我把一個高中生誤認為是他，把一個抽菸的職業婦女誤認為是他，把一片舞動的陰影誤認為是他。我替他編造理由：肚子痛。一個老朋友意外來訪。一時興起去山裡郊遊。當我把這些理由全都用盡時，雨季來了。

MIELES TO GO.

角落裡豎著我忘了帶走的雨傘。它沒有向我證明什麼。沒有誰的聲音把我拉進去。事實上我開始懷疑我們是否遇見過彼此。是否有可能他是我想像出來的，就像我替他的缺席所編造出的那許多理由。只有那條領帶是件可靠的信物。我觸摸它，知道他的確存在。頭皮在發癢。頭髮又長了。而時間在咖啡館裡卻是停頓的。同樣的音樂。*To want a love that can't be true.* 有時候我會想要平躺在地板上，用眼淚讓地板溼透。不，這種事不會是我想像出來的，而是真實的。我沉入座椅中，點了一杯可樂。馬上來。我閉上眼睛，試圖回想他的臉，但是那些輪廓已經不再清晰。就像回憶中的雪子和熊本一樣，我所記得的其實是一種特定的表情。悲傷的優雅。在他身上則是種悲傷的疲憊。當我睜開眼睛，我察覺包括我在內的那些人都在同樣這種疲憊中坐著不動，而我們似乎都在等待某個人來使我們擺脫這份疲憊。冰冷的地獄，我們在其中耐心等待，偶爾會冒出一句話：你必須要做點什麼。

又過了六個星期，我向沒有出現的他述說了無數我之前省略沒說的事，直到我找到了答案。

101

他的名片。我把它背熟了，腦中已有了他的地址。我決定去他家找他，而我沒有多想，就只想到我叮咚一聲按下門鈴，然後等待門後出現動靜的那一刻。這是自從我向他點頭之後，第一個真正的決定。我是在昨天早晨做出這個決定的。我醒來，面前是牆上那道裂縫。如果我們夠瘋狂，以截然不同的方式來做所有的事。掙脫一次。京子。我覺得她這話指的也是我。我急忙穿上衣服。隨著每一個動作，我的決定就更加堅定。我將等待門後的動靜，然後，不去思考要怎麼做，只要去做就行了。我溜出門外。那條領帶在我外套口袋裡。我每經過一個轉角就摸摸它。它拉著我向前。走進人群中，買一張車票。我沒有忘記該怎麼做。通過入口閘門，進入地鐵。他的世界，日復一日，伸手抓住吊環。我站得有點歪斜，肩膀向前傾，逆流而上。當所有的人都要進城，我搭車出城。我看見了他想必曾看見的東西。廣告看板、海報、垃圾桶。爆滿。我的目光被淹沒了，不再只是我的目光，在掠過時也被掠過。這麼多人，這樣在一起。我登上列車。到處都是父親的鞋子。我在心裡複誦那個地址。七個星期過去了。哀悼期[6]。為什麼此刻我想到這個？然後下車。那兒就是他曾經站過的月台，他曾經站在這個月台上自問：如果他不在那裡，是否會有人想念他。沒有人在那裡。我放慢了腳步。門打開時，我該說什麼呢？我希望在門後再見到他，這份希望不就像是我爸媽的希望嗎?在一開始的時候，當他們認為我會從房間裡出來，並且告訴他們：一切都好。我坐上公車。公車駛動。在我旁邊的座椅上，一本被丟下的書。一個證明。對誰來說?司機對我喊：你得在這裡下車。一股熱氣朝我撲來，我抵達了。再步行一小段路。然後。

102

唧唧唧。蟬的哭聲。我捉住了一隻，又把牠放走了。我走過一座熟睡的城市，沉睡的住宅區。晾衣繩上的白襯衫，一棟房子就像另一棟。手帕般方正的乾枯庭園。種在盆子裡的棕櫚。婦女和嬰兒。兒童在上學，男人在上班。就在那邊!盤根錯節的樹根。周圍的柏油路面都裂開了。庭院的門。我

6 依照日本傳統，往生之後的哀悼期是七七四十九天，之後才將骨灰罈下葬。

抬頭向上看。一扇窗戶開著。飄動的窗簾。我按了門鈴。門馬上就會打開。京子的花盆。那隻手套。我又按了一次鈴。從鄰屋傳來小聲的鋼琴音樂，被碗盤碰撞的聲音打斷。不久就將是中午。我在路邊坐下。感覺到：當門一直關著，原來是這種感覺。當你站在外面，徒勞地等待一個人類所發出的聲響，原來是這種感覺。陽光刺痛了我。我眨眨眼睛。

哈囉？一個清亮的女性聲音。她沿著街道走來。

我還在眨眼，試圖看清她的身影。她朝我走過來。我一躍而起。大原太太？

是的，我是。你是？田口弘？我先生的朋友？請見諒。他從來沒向我提過。

我掏出那條領帶。

還是說他曾經提過？她推開庭院的門，請我進去，用一個貪婪的動作拿走了那條領帶。兩階併一階。當我在門口脫掉鞋子，我看見了他的鞋子，規規矩矩地擺放著。旁邊是他的公事包。鉤子上掛著他的外套。屋子裡有燒香的氣味，微苦。

103

我跟著京子穿過走道走進客廳。地板上沒有波浪鼓。屋裡很安靜。當她在廚房裡煮水泡茶，我坐在沙發上，背倚著靠墊，環顧四周。他的家。在我面前是電視機，電視機左邊是五斗櫃，上面擺著雪花玻璃球和音樂盒，那個芭蕾舞伶在小茶几上原地旋轉。牆上掛著那個蜷縮著身體的裸女，還有那個水手，在他的眼睛底下是個女孩，升起的煙霧。粉紅色的緞帶花。一隻彎著脖子的天鵝。水晶擺飾。一個裝滿的菸灰缸。我的襪子破了一個洞，我把腳趾縮進去。柔軟的地毯。地毯上擺著書，堆成一疊一疊。書架已經滿了，需要再添個新的了。

來一點羊羹當茶點？京子替我們斟了兩小碗茶。如果我早知道你要來，可是我並不知道。她露出微笑。你剛才說你叫田口弘？我不認為他向我提起過你，還是說他提過，而我忘了？我經常問自己，自從他——。她的笑容垮掉了。我經常問自己，我究竟是否了解他。經過這麼突然的死亡，事後你會問自己各式各樣的問題。當我隨著她的笑容一起垮掉，她說：對，他死了。心臟衰竭。在回家途中。在列車上。那是個星期五。在七個星期前。他的骨灰在昨天下葬。如果我早知道的話，我就會通知你了。無論如何，你和他想必——。我的意思是：這條領帶，是他死去那一天繫著的領帶。有可能你是他最後見到的人嗎？她沒有在我面前隱藏她的臉。不管是在我開始述說的時候，在我述說當中，還是在我說完了之後。我看見她哭了，然後又笑了，看見她在回憶，然後又回到現在，看見她變得蒼白，然後紅了臉，最後就只是單純坐在那裡。看見她始終沒有鬆開那條領帶，緊緊抓著它。看見她用手指愛撫著它。看見她把它變成自己的一部分，想要完全和它融為一體。最終融為一體。

104

過了一會兒之後京子問：哪一件事更嚴重？是他對我隱瞞了他的情況，還是我幫助他隱瞞他的情況？你沒有聽錯。我幫助了他。明知道他失業了，也明知道他由於羞愧而無法告訴我，我卻幫助他繼續活在這份羞愧裡。我想要給他時間，陪他一起等待，直到——。這是他需要的：一個陪他一起等待的人。一個有耐心的人。有時候我給他找台階下。我說起掙脫，說起放鬆，說起無所事事。或許也說起他的公司、他的上司、他的同事。說起這一切是為了替他把路鋪平，替他把路照亮，讓他明白：你不必這樣。不必這麼辛苦。他卻離得愈來愈遠。起初那是一齣戲，而這齣戲脫離了我的控制。可怕啊。當它脫離了你的控制，剛才事情還在你掌控之中，可以去展開峰迴路轉的一幕戲，然後卻什麼也沒有發生。你成了觀眾之一。對方站在舞台上，演著一齣獨角戲，聚光燈照在他臉上，一張孤獨的臉。而你坐在最後一排，在黑暗中，沒有能力干預，看著劇情自己發展下去。落幕了。我從一開始就不該參與演出。即使我是為了他才這麼做的，我也該知道這種戲不會有好的結局。

一開始我當然並不知情。他準時在七點半出門，晚上回家，累了，在電視機前面睡著了。這沒有什麼不尋常。我替他蓋上毯子。就在這時，我聽見他在夢中輕聲呼喚我的名字。京子。他忽然醒來。我說：忽然，就像一個已經被放在靈柩裡的死者猛地坐起來。他伸出充滿生命的手臂，摟住我，把我緊緊抱在懷裡，差點令我無法呼吸，他的呼吸緊貼著我的耳朵：原諒我，請妳原諒我。我張嘴吸氣。這時他鬆開了我，他的手臂又鬆弛無力。他向後倒，半張著嘴，睡著了，比先前睡得更沉。我這個傻瓜，我心想，隔天打了電話去他公司。當我放下聽筒，我意識到我們所做的決定影響有多大：他想要實現他對日常生活的承諾，我想要實現我的承諾，為了我們的日常生活而留在他身邊。就在我把聽筒放回去的那短短一瞬，我意識到這當中有何等的美麗，何等勻稱的美，在我們為了忠於自己所做的決定而做的努力中。

105

可以說，他一直辛苦工作到最後。如果你了解，他並不特別喜歡他的工作。他喜歡這份工作之處就只在於其規律，以及他從遵循這種規律當中得到的滿足。這種一切如常運作。就算其他的事都亂了套。想要維持這種如常運作，無視現實，這就是他做過最艱難的工作。

京子把那條領帶圍在自己的脖子上：我剛剛才明白了這一點。但是我對他也一樣。你看見那邊那個菸灰缸了嗎？看見那許多菸蒂？我不忍心把它們扔掉。那邊那份打開來的報紙是他在讀的，他在他自己的泡泡裡把報紙翻來翻去。我沒辦法把它們收走。小茶几上那包仙貝早就已經不脆了，他配著仙貝喝的這瓶啤酒也已經變味。在浴室的洗臉盆裡我發現了他的一根白頭髮。我把它保留下來。他的牙刷，刷毛彎曲了。毛巾。刮鬍刀。所有的東西都在老位置上。他們把他身上穿戴的東西交給了我。手錶。鞋子。公事包。裡面有一張紙條：大家都說人只能活一次，為什麼卻會死去這麼多次。就只少了這條領帶。我去找過這條領帶。別人把這稱為哀悼。而我認為，哀悼也是他這麼努力想要能夠如常運作的原因。藉由將一切保持原狀，他哀悼著他錯過的事：我們的兒子，他對他的愛。比起我們所做的事，我們沒有去做的事所造成的後果往往更令人痛苦。假如我搖醒了他，那就好了。假如我在打電話去他公司之後就馬上對他說：我在你身邊不是為了我們的日常生活，而是為了你，以及其他。假如你今天沒有決定到這裡來，假如你沒有把你的決定付諸行動，明天我就還會去找他的領帶，明天我就還會想著：我並不了解他。因此我要謝謝你。京子握住我的手，捏了捏。我謝謝你遇見了他。

106

在你走之前。她指了指對面那扇門，在走道的另一側。佛壇就在那邊的小孩房裡面。如果你——。她停頓了呼吸三次的時間。如果你能夠再和他一起坐一會兒的話，就太好了。

跨越門檻。

我把門在身後關上。

一個小房間，不比我的房間大，頂多十平方公尺。沒有家具，只有祭壇。前面擺著一個座墊。我坐下來。左邊右邊都放著鮮花。他的便當盒，用藍布包著。一張相片。剛史。第二張照片。他。我插上三根香，敲了敲銅磬，雙手合十。當我的兩隻手掌互相碰觸，彷彿我周圍沒有了牆壁。我心中的某種東西鬆弛了。眼淚奪眶而出。我有好久沒有哭過了，乃至於我覺得我的哭泣像是一個小孩的哭泣，或是一個老人的哭泣。我哭得毫無保留，毫無顧忌。為了他和所有那些離去的人而哭。為了京子。爸媽。我自己。尤其是為了我們這些留下來的人而哭。

您聽見我了嗎？我在啜泣。您說得對。我的安魂曲早已寫成。但是尚待寫下的是那首永遠寫不完的詩，磨墨磨個沒完，筆尖不斷漏汁，不斷地在白紙上揮灑，那就是我的生命之詩。我會試著寫下，馬上會動筆，不，現在就下筆。我會寫，第一句就是「我叫他領帶」，我會寫下「他教我用帶著感受的目光去看待一切」。

107

有人說，老師是不會死的。就算他離開了他的身體，他所教導的東西會繼續活在他學生的心裡。當我走下那條街，再搭車回家，我不禁想到這句話。我用冷靜的目光看著那些人，看著他們把頭垂在胸前，隨著列車的行駛來回晃動，而我的目光頓時穿透了更深的一層，比骨骼和內臟更深，往更裡面，進入無從想像之處，這不再令我感到恐懼，反而令我感到驚奇，就好像是我所流下的眼淚揭去了我眼前朦朧的輕紗，而我那句「我再也受不了了！」變成了一個問句：我可以做些什麼？

田口！

我的名字在呼喚我。

田口弘！

在地鐵站擁擠的人群中有人抓住了我的肩膀。我轉過身去。

熊本！

這怎麼可能呢？他活生生地站在我面前。那隻白晰的手就在那裡。他向我伸出手來。我握住了。

好久不見。來，我們到上面去。他一瘸一拐。去那邊那間咖啡館？還有一張空桌。運氣真好，他笑了，太走運了。在這個時間還能找到一張空桌。在我們周圍坐著格格輕笑的小女生，她們忙著決定她們所買的唇蜜和自己的膚色是否相襯。也有幾個上班族在講電話。一個大學生嚼著口香糖，用手指把口香糖拉長，再用舌頭捲回嘴裡，吹成泡泡，直到它漲破。運氣真好，熊本又說了一次。我常想像在路上和你巧遇。我把想對你說的話打好了腹稿，以防萬一。很傻，對吧？現在我連一句也想不起來。全都不見了。這上頭。他敲敲自己的太陽穴。

發生了什麼事？我問。我以為你……

……死了？嗯，我的確死了。在內心最深處。他沒有用手遮住嘴巴，也沒有壓低說話的聲音：五個星期的人工深度睡眠。在那之後我醒來了。那是種緩慢的甦醒：眨動眼睛，稍微掀動毯子，張開手指。當回憶一點一滴地回到我腦中，我恨不得再度入睡。一動也不動，沒有意識。靜靜躺在那裡，把生活留在外面。我從窗戶看見了城市的燈光。你也在我的思緒中。你向我走來的樣子。你對我的信賴，對我開朗的信賴。我覺得我不想因為辜負了你的信賴而必須負起責任。我感覺到這一點，就像我感覺到左臀下方那股灼痛。

108

熊本變了。他的動作不再帶有一絲躁動，反而有點遲鈍。他的身體似乎腫脹，讓我想到一具水下的屍體，被一陣激流沖上岸來。是藥物的關係，他說。他把跛了的那條腿伸直。

再次見到你很好，我說。

他點點頭：真的很好。

你康復了嗎？

我不知道。在那次意外之後——他們要我說那是一次意外——還有另一次，就在我出院之後不久。瓦斯。我們家差點就炸飛了。我進了一間醫院。

他們給我這些藥片。我又睡著了，被溫和地強迫入睡。我只有零星的記憶。有一道光線弄得我的鼻子癢癢的。一個水瓶。一根櫻桃樹枝，花苞綻放。一個護士，頭髮高高地挽成一個髻。一個畫面。她會摘下髮夾，柔軟的鬈髮就會落在她背上。一個口齒不清說個不停的病人，我們喊他醉漢，然而他就跟我們大家一樣只喝水和茶。有一次我和他說話，他口齒不清地向我解釋，說他渴望著在神智恍惚的狀態下躺在一個街角，沒有記憶，沒有過去，聆聽路人從旁走過的腳步聲。他說那個聲音將會安慰他，從旁經過的鞋子所發出的聲音。

或是博子，那個胖女人。她以為自己隨時都會消失。你看見了我嗎？她會問。你看見我是怎麼消失的嗎？然而她的身體是那麼圓胖，我們無法想像它會消失。她問：我的腳趾在哪裡，我的腳，我的膝蓋。她震驚地去摸她的腿，尖叫起來：我摸不到東西。到最後她必須用管子被餵食，因為她認定自己不再有嘴巴。

109

我為什麼告訴你這些？我認為疾病是緊緊抓著一個幻覺不放。當你緊緊抓著它時的那份孤獨。如果我說我不知道自己是否康復了，我想說的是，我不知道自己究竟可不可能康復，可不可能完全自由。但：是的，這半年來我已經好多了，乃至於我漸漸又能夠懷著喜悅去想像在路上和你巧遇，並且告訴你，再次見到你令我由衷感到高興。在我心中有份好奇：接下來會發生什麼事？我在早上起床，在洗臉時對自己懷有這份好奇而感覺到一種單純的喜悅。水是有生命的，它沖掉了我眼中的沙子，喚醒了我。看來我得要先練習像水一樣充滿生命。

這情況對我爸媽來說當然很糟。如今我明白了。看見他們對我所持的幻想破滅了，這對他們來說是件難受的事。不再能夠緊緊抓著那個幻想，這對我父親來說尤其是莫大的損失。他不樂意談起所發生的事，如果談起，他就會說他寧願我繼續寫詩而不要生病。他隨口拋出這句話。淚眼朦朧。當他把目光移開，又說：我寧願你寫了一首很長很長的詩。我從這句話中聽出了歉意。因為我想要聽出來，我就聽出了這份歉意。這是意志的努力，是我欠他的，這使得他輕鬆一點。他不必失去他的顏面，這使得我輕鬆一點，我可以重新塑造我的臉。以這種方式，我們各自在自己的空間裡，而誰知道呢，有朝一日，我們會走到一起，坐在一個容納我們兩個人的空間裡，屆時我們將會了解：我們從不曾在別的地方。

110

我是否還在寫呢？不去書寫是我無法想像的。尤其是在最漆黑的夜晚，那些字詞是發光的卵石。它們捕捉到月光和星光，再將之散發出來。當中有一個詞特別耀眼。「單純」這個字詞。我將踩著輕輕的腳步靠近它，從每一邊打量它，最後把它拿在手上，為它著迷，看出它的魔力在於自行發光，發自它純粹的意義。單純。就只是單純地存在，單純地忍受。我愈是能夠忍受，就愈容易看出存在是多麼美，真美。

我想要用這個詞發光的方式來寫。我想要寫最單純的事物。例如，像我們此刻這樣，面對面坐在這張桌旁，經過兩年半之後，向彼此述說別人通常會保持沉默的事。我們喝的抹茶拿鐵是溫熱的，帶有甜味。不久之後黃昏降臨。白晝隨著太陽遁入黑夜。我們意識到已經過了很久。我伸直的腿提醒了我們。你沒有怪我。我們是朋友，你還記得吧：孿生兄弟，隔著兩個半滿的玻璃杯互訴衷腸。我想念著你，你想念著我。就這麼簡單。空調嗡嗡作響。大家說說笑笑。女服務生跑來跑去，偶爾她停下來，就用圍裙去擦拭她疲倦的臉。

111

而熊本也沒有變。

儘管他動作遲鈍，身體腫脹，他坐在我面前，仍是個不折不扣的詩人，並且保留了他的誠實。從他身上散發出一股頑強的力量，他曾經下探自己的深淵，無比孤獨，量測了它的深度。等他再度上來，他還是原本那個人，只是很高興能夠再回到上面。

你怎麼想？我把雙手平放在桌上，好讓他看見那些疤痕。你認為別人需要我們嗎？我指的是像我們這樣偏離了道路的人，我們這些逃避的人。沒有畢業證書，沒有受過職業訓練，沒有工作，展現不出什麼能耐，除了一件事什麼都沒有學到，亦即：活著是值得的。我們學到了這件事，一直還在學，而想到別人現在可能不會需要我們，這個念頭使我害怕，畢竟我們身上有了印記，有了瑕疵，如果別人不原諒我們怎麼辦？

「如果這個社會……

……不想重新接納我們呢？」

我避免從大處去思考。當我去想「這個社會」，我的頭就昏了。那太大了。那是個什麼呢？我看不見它。我所看見的是個人。我想停留在小範圍內，而在那裡每個人的身上都有印記，都有瑕疵，每個人都需要別人。熊本把他的手放在我的手前面。指尖碰著指尖。先前當我再次發現你的時候，那是一個瞬間。起初我沒有認出你來。你變瘦了。直到你鬆開了吊環，在搖晃的車廂裡輕輕地搖來晃去，我才從你把雙腳撐在地板上對抗顛簸的方式認出了你。車門開了。我立刻站了起來，跟在你後面。我不想再一次失去你的蹤影。你走得很快，已經到了電扶梯。我差點跟不上。我一跛一跛地跟在你後面，明白了我是多麼需要你。我需要去告訴你：我很抱歉。我需要從你口中聽見：沒有關係。你停了一下。我猶豫著。一種感覺襲來，覺得我沒有權利這麼需要你。但是你就站在那裡，而我向你伸出了手。而也許，像這樣伸出手，這樣向別人伸出手去，正是大家最迫切需要的。這是我對你剛才那個問題的回答。

你有什麼計畫嗎？我又問。

你呢？

完全走出來。

我也一樣。

112

我還想要問你的是：當時，就在你那樣做之前，你究竟喊了些什麼？你知道的。我朝你走過去，而你喊了句什麼。這段時間以來，我一直認定那是個給我的訊息。一句我應該聽見的話。一句說給我聽的話。是什麼呢？

我當時腦子很亂。

你想不起來了嗎？

我認為那沒什麼。

沒什麼嗎？

何苦再說一次？

也許是為了……

……我告訴你：那沒什麼。

那的確不關我的事。一聲來自過去的呼喊，它已經消逝了。不管它喊的是自由、生命還是幸福，都已經不再重要。我們用一聲簡單的「再見」道別。熊本說：我們還會在路上相遇。會的，我說，你多保重。你也一樣。為了我。說完他就消失在一個更寬的背部後面。他要回家。回家。我忽然感到飢腸轆轆。肚子裡空空如也，我跑了起來。那股飢餓推著我向前。

113

父親的鞋子擺在門口。皮革擦得晶亮，你幾乎可以在上面看見自己的倒影。爸媽坐著吃晚餐。電視機開著。棒球賽。巨人隊領先三分。我站在走道上，看見不久前被我塞進垃圾桶的那張照片又被掛回了原處，驚訝地發現我並沒有因此而感到驚訝。照片下面有一張用圖釘固定的紙條：我有底片。不管你把照片拿走幾次，我都可以再去店裡沖洗出來。媽媽。一個笑臉圖案。家庭會自我複製。我又站在金門大橋前面，歪戴著帽子，父親的手擱在我肩膀上，等待著那顆沙粒從沙漏的細腰滑落，我將甩開父親的手，然後——再多等一會兒，等到我對這件事的怨怒消失。或者就像熊本會說的：因為我不想要感覺到怨怒，我就沒有感覺到。那是意志的努力。這是我欠我自己的。它使得我輕鬆一些。我不帶怨怒地端起門口的托盤，裝著米飯的碗還冒著熱氣，我跨出了經過深思熟慮的一步，然後再一步，用一隻沒有顫抖的手打開通往客廳的門。爸媽睜大眼睛看著我。默默地點頭。父親首先打破了沉默，對母親說：快把椅子清理一下。在我已經兩年沒有坐過的椅子上，擺著一疊雜誌，紀子王妃在揮手，一團紅色毛線，編織用的工具。母親急忙把椅子上的東西清空。那團毛線滾落到她前面的地板上，滾到了我的腳前。我把它輕推到父親前面。一支全壘打。我坐下來。說了聲：我開動了。

再添點飯嗎？

母親把碗盛滿了。這裡還有一點豆腐。孩子的爸，請把韭菜遞給他。在幾秒鐘之內，餐桌上的東西就被重新擺放過。配菜和醬料都改放在我拿得到的地方。我吃著。最後一顆餃子。父親的筷子和我的筷子相碰。你拿去吧。不，你拿去。他揉揉自己的肚子：我吃飽了。我們看著彼此。我們能夠看著彼此了。最後他說：桂子，替我們拿罐啤酒來，讓我們為此舉杯。你問我為了什麼？喔，當然是為了巨人隊啊。電視機裡傳出雀躍的歡呼。主播的嗓音變尖了。比賽繼續進行。母親拿來三只玻璃杯和魷魚乾。乾杯。我們互相敬酒。母親笑著說：在漫長的一天結束時，啤酒喝起來滋味最好。

114

當我們坐在一起，藉由無關緊要的事來溝通真正重要的事。我意識到爸媽也曾經是繭居族。有我在家裡，他們也被囚禁了，因我的生命仰賴著他們。他們在家裡度過父親少有的假期，沒有去海邊郊遊，沒有去O地度過週末，那是母親的故鄉。偶爾去電影院，坐在黑暗中。偶爾上館子，和多年未見的朋友一起。偶爾開車出去幾個小時，就那樣開出去，想像著繼續往前開會怎麼樣，直到世界的盡頭，然後停下來，告訴自己：有一個人需要我們。掉頭。然後回來。每隔幾天去藤本雜貨店採買。早餐、午餐和晚餐。母親不曾漏掉任何一餐。偶爾也會有一件T恤放在旁邊。一雙襪子。冬天時一件毛衣。許多我沒有讀的信件，就那樣留在門口。現在我納悶他們做這些事是為了什麼。也許是為了那份快樂，當他們看見冰箱裡少了一瓶可樂，或是看見浴室的磁磚地面是溼的。但也可能是因為這件事使他們非常悲傷。也許是因為他們為了我而感到羞愧。但也可能是因為他們很難理解我為什麼把自己封閉起來，把他們隔絕在外。經過這一切之後，坐在一起，藉由無關緊要的事來溝通真正重要的事，就像是我們三個之前都待在水裡，然後冒出水面，第一次呼吸。我們還在喘氣。

我站起來。那麼，晚安。

父親說：這是很久以來我看到最棒的一場球賽。他說話時沒有抬頭，仍然盯著螢幕。他的一隻手緊緊抓著喝乾的空杯子，另一隻手牢牢扶著桌子邊緣。泛白的指節出賣了他。他的靜止不動洩露出真情。再多說一句話，那個玻璃杯就會在他手中碎裂。

開始。

謝詞

我要感謝所有在我寫作過程中支持過我的人。他們的友誼異常珍貴，是一份鮮活的貢獻，注入了這個故事。

我要特別感謝我的先生 Thomas（謝謝你的鼓勵、耐心和關懷），我的外公、外婆（謝謝你們給了我許多個幸福的夏天），Michio、Niken、Ayana、Ryuta（我為了那條跨越千里而把我們繫在一起的紅線而謝謝你們），Satoshi（謝謝你給我的美好回憶），Tobias（謝謝你的支持），Angela（謝謝你那句「把事情簡單化」），Barbara 和 Verena（謝謝你們對我們家鄉地區的忠誠），Kathrin（謝謝你陪我一起歌唱和閱讀），Lelo（謝謝你的杯子蛋糕和星塵）。

我尤其要向那些我沒有提到的人致上最大的感謝。

【ECHO】MO0081
領帶大叔

作　　者❖米蓮娜．美智子．弗拉夏Milena Michiko Flašar
譯　　者❖姬健梅
封面設計❖傅文豪
內頁排版❖張彩梅
總 編 輯❖郭寶秀
編　　輯❖江品萱
行銷企劃❖許弼善

發 行 人❖凃玉雲
出　　版❖馬可孛羅文化
10483台北市中山區民生東路二段141號5樓
電話：(886)2-25007696
發　　行❖英屬蓋曼群島商家庭傳媒股份有限公司城邦分公司
10483台北市中山區民生東路二段141號11樓
客服服務專線：(886)2-25007718；25007719
24小時傳真專線：(886)2-25001990；25001991
服務時間：週一至週五9:00～12:00；13:00～17:00
劃撥帳號：19863813　戶名：書虫股份有限公司
讀者服務信箱：service@readingclub.com.tw
香港發行所❖城邦（香港）出版集團有限公司
香港九龍九龍城土瓜灣道86號順聯工業大廈6樓A室
電話：(852)25086231　傳真：(852)25789337
E-mail：hkcite@biznetvigator.com
馬新發行所❖城邦（馬新）出版集團【Cite (M) Sdn. Bhd.(458372U)】
41, Jalan Radin Anum, Bandar Baru Seri Petaling,
57000 Kuala Lumpur, Malaysia
電話：(603)90563833　傳真：(603)90576622
Email：services@cite.my
輸出印刷❖前進彩藝股份有限公司
初版一刷❖2023年12月
定　　價❖380元
定　　價❖266元（電子書）

ISBN：978-626-7356-32-6（平裝）
ISBN：978-626-7356-31-9（EPUB）
城邦讀書花園
www.cite.com.tw

國家圖書館出版品預行編目（CIP）資料

領帶大叔／蓮娜．美智子．弗拉夏（Milena Michiko Flašar）著；姬健梅譯. -- 初版. -- 臺北市：馬可孛羅文化出版：英屬蓋曼群島商家庭傳媒股份有限公司城邦分公司發行，2023.12
面；　公分. --（Echo；MO0081）
譯自：Ich nannte ihn Krawatte
ISBN 978-626-7356-32-6（平裝）

875.57　　112018486